ALB

Unruhige Nacht

MIT EINEM NACHWORT
DES AUTORS

PHILIPP RECLAM JUN. STUTTGART

Der Text folgt dem Erstdruck, Hamburg:
Friedrich Wittig, 1950.

Universal-Bibliothek Nr. 8458
Alle Rechte vorbehalten
© für diese Ausgabe 1988 Philipp Reclam jun. GmbH & Co., Stuttgart
© für den Text 1950 Friedrich Wittig Verlag, Hamburg
Gesamtherstellung: Reclam, Ditzingen. Printed in Germany 1998
RECLAM und UNIVERSAL-BIBLIOTHEK sind eingetragene Marken
der Philipp Reclam jun. GmbH & Co., Stuttgart
ISBN 3-15-008458-X

Den ganzen September hindurch war ich nicht aus dem Stadtbezirk hinausgekommen, und dabei war es ein so besonders schöner, warmer September gewesen, einer, der einen alten Wanderer wohl verlocken konnte zu weiten Gängen ins offene Land. Aber wie es so geht: man war eingespannt in seine täglichen Dienste, im Lazarettbereich her und hin, in den Kasernen und Truppenunterkünften, in denen man als Feldseelsorger zuweilen Besuch zu machen hatte, im Wehrmachtgefängnis nicht zu vergessen, und natürlich auch auf dem Soldatenfriedhof, der damals, Juli einundvierzig, während der kurzen, heftigen Kämpfe um Winniza angelegt worden war und der sich seither, seit fünfzehn Monaten, erschreckend erweitert hatte. Nun waren die Herbstblumen auf den Gräbern schon wieder fast verblüht, und wenn ich noch etwas vom Glanz des ukrainischen Spätjahrs sehen wollte, mußte ich rasch dazu tun, Ende Oktober fängt hier zuweilen schon der Winter an.

Gut, dieser Oktobertag, dieser starkblaue, windige Tag sollte nicht ungenützt dahingehen. Natürlich war es zivilistisch gedacht und insofern durchaus anstößig, daß man nach Weg und Wanderung ein Verlangen hatte, nach Kartoffelfeuern und Sonnenblumenfeldern, nach Licht über dem schwarzen Acker und einer schweigsamen Stunde am Ufer des Bug. Ein ordentlicher Soldat macht seinen Dienst und geht abends ins Kino, allenfalls zum Wodka oder zur Panjenka, aber wie in keinem andern Sinn, so würde ich auch in diesem Betracht niemals ein ordentlicher Soldat werden. »Sie sind ein hoffnungsloser Fall«, hatte Stabsarzt Dold neulich zu mir gesagt, als ich ihm gestand, daß ich, spät abends durch die Allee laufend, mich dabei ertappt hätte, wie ich die Verse des Dichters Homer vor mich hinsprach.

Nun, das mochte sein, wie es wollte: wichtig war zunächst einzig dies, daß ich mir aus diesem Tag, dem Tag mit den schnellen Wolken und dem starken, lehmigen Herbstgeruch, ein gehöriges Stück herausschnitt und daß dieses Stück dann als richtige, menschenwürdig verbrachte Zeit gelten durfte. Am besten, sagte ich mir, nehme ich gleich den Morgen. Um halb eins ist Mittagessen, und das Essen ist Dienst bei den Preußen, man sitzt eine halbe Stunde im Kasino und macht nach besten Kräften ein höfliches Gesicht, da ist die Herrlichkeit dann also schon wieder zu Ende; aber den Morgen, den gebe ich dran.

Es war ohnehin gerade nichts Besonderes im Lazarett selbst, was meine Gegenwart forderte; der Bauchschuß, den sie gestern abend eingeliefert hatten, war, wie mir die Nachtschwester am Telephon gesagt hatte, heute früh fünf Uhr dreißig gestorben. Ich hatte in der Nacht noch nach ihm geschaut, aber er war, auch vom Transport mitgenommen, kaum bei Bewußtsein gewesen. (Übrigens muß ich mich entschuldigen: ich merke, daß ich mich der Lazarettsprache bediene, die von den Verwundeten als ›dem Oberschenkel‹ oder ›dem Lungenschuß‹ spricht; ›der Ulcus auf sechsundzwanzig bekommt Diät‹ sagt man da: es ist eine fürchterliche Sprache, und ich will sie vermeiden.) Der Bauchschußverletzte also, ein blonder Westfale, war tot. Heute nachmittag würde dann Zeit sein, nach seinem Soldbuch zu fahnden, nach seiner Heimatadresse, und jenen traurigen Brief zu schreiben, den zu schreiben meines Amtes war.

Das blieb nun zurück. Die gepflasterten Straßen hörten auf, das Gelände der Zuckerfabrik war schon außerhalb der Stadt, und gleich danach befand man sich in der offenen Landschaft. Hier gab es keine Zerstörung, keine Armut, keine zerbrochenen Fensterscheiben und kein Gelumpe mehr, hier war die Welt heil, war, wie sie in den ersten Schöpfungstagen gemeint sein mochte, groß und gut. Unermeßliches Dunkelbraun, darüber ein violetter Schimmer: dies war die Ackererde. Drüben der Fluß wie eine klare Grenze: kaum eine Windung, kaum ein Ried, selten eine Weide. Jenseits die Anhöhe mit der alten Klosterkirche; die vielen Zwiebeltürme, aus der Nähe anzusehen wie fremdartiges Knollengewächs, funkelnd jetzt in der Morgensonne, eine weißgoldene Pracht.

Ich lief schnell, wie als gälte es, sich ein Landgut zu erobern auf diesem Gang. Kein Ton ringsum als der Ton des großen Windes, kein Menschenlaut außer der eigenen Stimme, die nun wieder unbelauscht mit sich selber sprechen mochte: willkommen der Herbst! willkommen die Freiheit! Sie war freilich nicht so ganz harmlos, die Freiheit in diesem offenen Land, das wußte ich wohl. Einsame Gänge waren unerwünscht. Seit die Politik der Landausbeutung sich in ihrer ganzen Skrupellosigkeit durchgesetzt hatte und alles Gerede von Befreiung entlarvt war als Lüge und Gewäsch, hatten die Partisanen ihr Handwerk begonnen und von Monat zu Monat erfolgreicher entwickelt. Wir von den Lazaretten mußten es wissen, denn es verging keine Woche, in der man uns nicht angeschossene Soldaten einlieferte. Sei's drum: ich will jetzt unterwegs sein, will mit diesem Wind sein. Ich will noch nicht wieder umkehren. Bis zu dem Sonnenblumenfeld noch da vorne, und dann einen Bogen nach rechts zum Bug hin, und am Ufer zurück.

Natürlich wird irgend etwas vorgefallen sein; auf zwei, drei Stationen werden sie nach mir gefahndet haben. Laß sie fahnden, ich komme ja schon. Der Mustersträfling kehrt ganz von selbst in seine Zelle zurück.

Wie spät? Gleich halb zwölf. Ich könnte ja rasch noch am Gefängnis vorbei und mich über die Sache mit Rothweiler kurz unterrichten. Oberleutnant Rothweiler war nach einem mißglückten Selbstmordversuch gestern nachmittag bei uns eingeliefert worden, er hatte versucht, sich die Pulsadern aufzuschneiden. Ärgerliche Geschichte. Man hatte ihn schon vor vier Wochen unter dem Verdacht der Selbstverstümmelung verhaftet. Ich hielt ihn für unschuldig und glaubte, gute Gründe dafür zu haben. Nun freilich durch diese neue Attacke war er sein eigener Feind geworden und hatte sich selbst alle Aussicht auf Rehabilitierung verbaut. Ein Selbstmord muß gelingen, sonst hat man nichts davon als Scherereien und Schlimmeres als das. Es ist Krieg, man darf nicht leben, wie man will. Aber sterben, wie man will, das darf man erst recht nicht.

Da ist der Strom. Gänse und Wildenten kommen mir entgegengefahren, silberne Wellenkämme und dieser feuchte Wind, es ist schön, es ist der Friede. Nein, ich werde doch nicht ins Gefängnis gehen, nicht jetzt. Die Stunde soll den guten Dingen gehören. Und das Kasino nachher ist schon wieder Gefängnis genug. So nehme ich denn den geraden Weg zum Lazarett und passiere die Pforte pünktlich zwölf Uhr fünfzehn, der Augenarzt kommt eben von seinem Pavillon her und sagt: »Mahlzeit.«

Der diensttuende Gefreite spricht mich an. »Herr Kriegspfarrer möchten bitte doch gleich zum Herrn Hauptfeldwebel kommen.«

Die Schreibstube lag schräg gegenüber. Ehe ich eintrat, kam Hauptfeldwebel Hirzel, der mich erspäht haben mochte, selbst heraus und sagte, gemäßigten Vorwurf in der Stimme: »Herr Kriegspfarrer, wir haben Sie lang schon gesucht.«

Natürlich, dachte ich, halb lachend und halb böse, keine vier Stunden kann man ins Privatleben entschlüpfen. Und fragte:

»War denn etwas Besonderes?«

»Hier, ein Fernschreiben aus Proskurow.«

»Nanu, was wollen die denn?«

»Es scheint eine eilige Sache zu sein. Wir mußten sofort in Ihrem Namen zusagen.«

Ich las: »Oberfeldkommandantur Proskurow anfordert Ev. Kriegspfarrer. Eintreffen Mittwoch siebzehn Uhr erforderlich. Meldung bei Abt. III. PKW zur Hinfahrt stellt Proskurow. Rückkehr Donnerstag möglich.«

Mittwoch, das ist heute.

»Wir haben das so bestätigt«, sagte Hirzel, »der Wagen von Proskurow her ist unterwegs. Sie fahren hier um vierzehn Uhr ab, dann kommen Sie bequem zurecht.«

»Ja, ja.«

Ich hörte nur halb hin. Abteilung III: das war das Kriegsgericht. Ich wußte nun, auf was dieser Abruf hinauslief: auf die Teilnahme an einer kriegsgerichtlichen Erschießung.

»Danke, Hauptfeldwebel, es ist gut«, sagte ich nur noch. »Haben Sie den Chef schon in Kenntnis gesetzt?«

»Jawohl, er kam vorhin hier durch.«

»Schön.«

»Mahlzeit, Herr Kriegspfarrer.«

»Danke, gleichfalls.«

Ich stieg rasch die Treppe hinauf und lief, ohne noch vorher auf mein Zimmer zu gehen, gleich ins Kasino, um möglichst noch vor dem Oberstabsarzt zu erscheinen. Aber man saß bereits. Ich mußte den Kotau machen und eine Entschuldigung murmeln.

Der Chef sah von der Suppe auf: »Hat Hirzel Sie schon getroffen?«

»Jawohl, Herr Oberstabsarzt, wir haben gerade miteinander gesprochen.«

»Tja. Wird unangenehme Arbeit sein.«

»Ich denke auch. Ganz klar ist mir die Sache ja nicht. An sich hat Proskurow eigene Geistlichkeit.«

»Ich verstehe es auch nicht. Hirzel kam telephonisch nicht durch. Na, Sie werden ja sehen.«

Danach verlief das Essen so schweigsam wie immer. Klaus, mein katholischer Kollege, mit dem ich mich gerne gleich noch besprochen hätte, saß in diesem Zwölfmännerverein an anderer Stelle, Jessen, Internist Jessen, neben dem ich meinen Platz hatte, wurde gleich nach der Suppe telephonisch auf seine Station gerufen.

Der Kaffee wurde an zwei runden Tischen in einem Erker des großen Raumes serviert; hier durfte geraucht werden, auch versuchte man sich zuweilen an einem Gespräch. Ich konnte heute nicht dableiben: wenn ich um vierzehn Uhr, in einer Stunde also, abgeholt wurde, mußte ich schleunigst dazu tun, meine Sachen zu packen.

»Bitte gehorsamst, mich abmelden zu dürfen.«

Der Chef stand auf, gab mir, wie er zu tun pflegte, zwei Finger seiner schmalen Hand, sah mich aus halben Augen an und erwiderte: »Na, viel Vergnügen.« Dann wandte er sich mit gichtischen Bewegungen zum Kaffeetisch.

Ein Uhr fünfzehn. Im Zimmer finde ich einige Post, ich stecke sie, menschliches Wort im unmenschlichen Hier und Heute, ungelesen in die Mappe. Jetzt wird nicht gelesen, gelächelt, geliebt . . .

Ich nehme den Hörer von der Gabel: »Bitte die Schreibstube.«

»Schreibstube kommt.«

»Hier Schreibstube, Gefreiter Weik.«

»Tag, Weik. Hören Sie, ich brauche rasch meinen Marschbefehl.«

»Er ist schon geschrieben, ich kann ihn nur nicht heraufbringen, es ist niemand außer mir da.«

»Gut, ich hole ihn.«

Marschbefehl holen, Marschverpflegung holen: Brot, Schmalz, Wurstkonserven, eine Rolle Drops. Alle diese Gänge taten sich wie von selbst; wie von einer riesigen Spule lief das ab, wie oft schon, wie oft noch? Als ich, die Eßwaren in der Hand, einen der langen Korridore hinunterging, überfiel es mich wie eine Schreckensvision: seit tausend Tagen – dann, einen Augenblick nachprüfend: ja wahrhaftig seit tausend Tagen – vollzieht es sich so. Hier, hinter diesen Türen. Hier wird gelegen, gestöhnt, geliebt, gestorben. Briefe werden geschrieben, Schach wird gespielt, Halma, Dame, Skat, Doppelkopf. Es wird gespritzt: Eubasin, Cardiazol, intravenös, subkutan. Urlaubslisten werden aufgestellt, werden über den Haufen geworfen. Es wird getrunken, geraucht, gezotet. Sieben Hände schreiben Krankengeschichten: Kreislaufstörung, vierundzwanzig Uhr exitus letalis, an den Herrn Wehrmachtsanitätsinspekteur. Listen, Zugangslisten, Abgangslisten, Wehrsoldauszahlungslisten, Termine. Papier, Papier, ein Turmbau zu Babylon. Manchmal geht eine Schwester durch den Saal. Eine ist dabei, die trägt zwei Eheringe an der rechten Hand, blutjung ist sie und sehr schön. Lieber Gott, eine Frau, ein Mensch . . .

Was ist nun noch zu tun? Vor allem: was muß mitgenommen werden auf die Reise? Nachtzeug, frische Wäsche, die Bibel, Lesestoff für alle Fälle, das Abendmahlsgerät, zwei

Kerzen; Zigaretten, freilich Zigaretten, es wird sich zeigen, wofür sie nütze sind. Da schrillt auch schon das Telephon: »Herr Kriegspfarrer, der Wagen aus Proskurow ist da.«

Ich klopfte noch rasch bei Klaus, aber der war nicht auf seinem Zimmer. Wahrscheinlich gab es die obligate Schachpartie der Mittagspause beim Chirurgen oder beim Apotheker. Schade, ich hätte gerne noch ein Wort mit auf den Weg genommen von einem, der w u ß t e, wohin man geht, wenn man zum Richtplatz geht; denn daß es dahin gehen würde, das war mir kaum noch zweifelhaft.

Und nun kam ich also zum zweitenmal am gleichen Tag durch diese Landschaft, diesmal mit großer Geschwindigkeit auf gepflasterten Ausfallstraßen voranstürmend. Bald war Winniza verschwunden, bald genug auch die noch vertraute Umgebung. Eine gute Stunde lang fuhren wir, ohne ein einziges Haus zu sehen, nur da und dort zeigte sich eine riesige Kornscheuer im offenen Feld, dazu Sonnenblumen ohne Ende, Myriaden, ein wahres Meer von goldenem Öl verheißend.

Ich hätte den Obergefreiten, der mich fuhr, einen breitschultrigen Hamburger, gern manches gefragt. Aber er war einsilbig und unlustig, die Fahrt kam ihm vermutlich nicht recht zupaß: sie wird ihm ein Stelldichein verpfuscht haben. Vielleicht, daß er auch nur schon ganz jener sture Kommißknopf geworden ist, der alles tut und nichts; alles, weil es so befohlen wird, und nichts, was ihn noch angeht.

Die Türkenburg kam in Sicht. Ich hatte von ihr gehört und gelesen, sie stand hier als mächtige Bastion mittelalterlicher Geschichte, ein erregendes Zeichen jener fremden Welt, der wir als einen Namen der Beschwörung den Namen des Prinzen Eugen entgegenrufen. Nicht unmittelbar am Weg lag sie, doch kaum mehr als fünf Kilometer seitab. Ich schlug vor, einen kurzen Umweg zu machen, um sie zu besichtigen, aber es war offenkundig, daß der Fahrer nicht wollte. Er sah unruhig auf seine Armbanduhr, schwatzte etwas von schlechten Straßen und von seinem Marschbefehl, von dem Auftrag, mich auf schnellstem Weg zur Kommandantur zu bringen.

Nun, schade. Da komme ich jetzt wohl nie mehr hin. Später bekommt man dann eine ausführliche Schilderung zu Gesicht und denkt: da bin ich einmal, im Oktober zweiundvierzig, haarscharf dran vorbeigefahren. Das ist der Krieg. Es kann einem ja auch blühen, daß man bei einer Versetzung vom Osten nach dem Westen durch seine Heimatstadt fährt und nicht aussteigen darf. Man steht am Wagenfenster und sieht hinaus, der Balkon daheim reicht gerade noch ins Blickfeld herein. Vielleicht hat man Glück und die Frau hängt Wäsche auf, dann sieht man ihr rotes Kleid und ihr schwarzes Haar.

Ich komme ins Sinnieren und merke nicht, daß wir schon zwischen den Häusern fahren. »Wir sind da«, sagt plötzlich der Fahrer, ohne sich dabei groß nach mir umzusehen. Ich gebe ihm den üblichen Fahrsold, ein paar Zigaretten, er dankt gleichgültig und öffnet mir schweigend den Schlag.

2

Vor dem Kommandanturgebäude stand ein Posten unter Gewehr: also regiert hier was Höheres, vermutlich ein leibhaftiger General. Ich trat ins Haus und suchte mich zunächst, wie es so üblich ist, zur Adjutantur durch: IIa, Major Kartuschke, das war die Tür.

Jede Schreibstube hat ihre eigene Atmosphäre. Wer in so vielen Eintritt hat wie ich in meinem Amt, der bekommt einen besonderen Sinn dafür. Er studiert Volks- und Stammeskunde aufs gründlichste, lernt Nord- und Süddeutschland, Bayern und Österreich unterscheiden und vermag auch die Hitlerhörigkeit des jeweiligen Chefs wohl zu ermessen, nicht anders, als man beim Wein nach Oechslegraden mißt.

»Der Herr Major ist gerade bei einer Besprechung«, sagte der Schreibstubenunteroffizier. Es war keine gute Luft, die mir entgegenkam. Da war die unsre drüben doch etwas reinlicher. Urban und heiter war auch die unsre nicht, wo sollte schließlich die Heiterkeit herkommen; aber diese hier mißfiel mir durchaus. Ich wandte mich zur Tür, unangenehm angestarrt von dem einen der zwei Gefreiten, die auch noch zwischen Akten ihren Platz hatten, und hörte dann, ehe sich die Türe schloß, eben diesen Gefreiten halblaut zum Unteroffizier sagen: »Nun ja, man kann es auch eine Besprechung heißen.«

Das ist die einzige Kunst, in der wir in diesen Jahren ungeahnte Fortschritte gemacht haben: wir lernen alle Äußerungen, die uns zu Ohren kommen, schnell auf ihre zweideutigen Untertöne und Anspielungen hin verstehen. Keine zehn Schritt weit kann man sich in diese Miliz hineinbegeben, ohne nicht Kotig-zotiges auf der Haut zu fühlen. Und zuweilen denke ich dann: wenn wir je diesen Krieg überstehen sollten, wie kriegen wir diesen Dreckssinn, diese Bordellphantasie aus unserer Oberstube hinaus?

Nun, das gehört jetzt nicht hierher. Ich hatte Eile, ich lief durch die Gänge, es war der papierene Popanz in Riesengestalt, der hier angebetet wurde. Da: Römisch drei, und darunter, großmächtig und anspruchsvoll: ›Der Gerichtsoffizier‹. Justitia in Reitstiefeln, wohlan!

Er war da, der Kriegsgerichtsrat, auf den es ankam. Er erhob sich, nannte einen Namen, den ich nicht verstand, und bot mir Platz an. Danach begann er, rasch und korrekt:

»Es ist mir leid, daß wir Sie herbemühen mußten, aber die hiesige Abteilung IVd ist auf protestantischer Seite zur Zeit unbesetzt. Der Häftling Fedor Baranowski ist durch kriegsgerichtlichen Spruch wegen Fahnenflucht zum Tod verurteilt worden; die Ablehnung des Gnadengesuchs durch den Herrn Wehrmachtbefehlshaber Ukraine ist gestern hier eingetroffen. Der Ordnung entsprechend ist das Urteil innerhalb von achtundvierzig Stunden zu vollstrecken. Demzufolge findet die Erschießung morgen früh fünf Uhr fünfundvierzig in der Kiesgrube hinter dem Ziegeleiplatz statt. Der Verurteilte hat gemäß § 16 der diesbezüglichen Anweisungen Anspruch auf geistlichen Beistand eines Pfarrers seiner Konfession. Ich hatte deshalb, da, wie gesagt, der für hier zuständige Geistliche zur Zeit abkommandiert ist, den Auftrag seitens des

Gerichtsherrn, Sie unverzüglich anzufordern, und ich danke Ihnen, daß Sie gekommen sind.«

Das klang wie von einem Manuskript abgelesen. Fremdartig, kühl. Aber so drückt man sich ja wohl aus in diesem Bereich. Unwillkürlich paßte ich mich an und gab zurück:

»Ich bin es gewöhnt, mit den Häftlingen, vor allem mit den Todeskandidaten so sorgfältig wie möglich Fühlung zu nehmen. Wenn mein Dienst einen Sinn haben soll, so kann er nicht erst auf dem Richtplatz beginnen. Ich muß also auch diesmal den Mann und seinen Fall noch vorher kennenlernen.«

Darauf der Richter, eine Schattierung persönlicher: »Es bleibt Ihnen ganz überlassen, auf welche Weise Sie Ihren Pflichten nachkommen und von Ihren Rechten Gebrauch machen wollen.«

Ich sah auf die Uhr. Es war viertel vor sechs Uhr. »Ich möchte jetzt zunächst noch kurz den Häftling kennenlernen und wäre dankbar, wenn mir dann für heute Nacht die Akte überlassen würde.«

»Es ist an sich nicht üblich, die Akten aus der Hand zu geben. Sie können selbstverständlich hier ... Indessen ... Schmitt!«

Eine Ordonnanz erschien.

»Die Akte Baranowski.«

»Die Akte Baranowski, Herr Kriegsgerichtsrat.«

Die Akte kam. Es war ein ziemlich dickes Konvolut, schon so sorgfältig verschnürt, daß man begreifen mußte: der Mann war für dieses Amt bereits tot.

»Viel Papier«, sagte der Kriegsgerichtsrat. »Da haben Sie gehörig zu lesen. Wie gesagt, es ist an sich nicht statthaft, die Akte aus dem Haus zu geben, aber ich sehe ein, es sind dies heute besondere Umstände. Ich gebe Ihnen die Akte mit, mache Sie aber darauf aufmerksam, daß Sie dafür haftbar sind.«

»Selbstverständlich.«

»Ich muß das schriftlich haben.«

»Natürlich, gerne.«

Ich unterschrieb einen Revers und fragte gleichzeitig: »Wo ist das Ortsgefängnis hier?«

»Sie gehen diese Straße hinunter, dreihundert Schritt, dann ist es auf der anderen Seite zu sehen, ein niederer Bau, eigentlich nur eine Art Ortsarrest. Wenden Sie sich an Oberfeldwebel Mascher.«

»Oberfeldwebel Mascher, gut. Ich danke Ihnen.«

»Bitte sehr. Auf Wiedersehen, Herr Pfarrer. Ich komme dann morgen früh zur Urteilsverkündigung ins Gefängnis um, sagen wir um fünf Uhr fünfzehn; das reicht.«

»Ja. Ich bin dann schon vorher dort.«

»Auf morgen also.«

Ich nahm die Akte, tat sie in die Mappe und schloß mit dem Sicherheitsschlüssel ab. So. Das war also Kriegsgericht Proskurow. Was soll man sagen? Am besten noch das, was man in Kriegszeiten, in diesen Läuften hier nicht ungern sagt: das hätte können schlimmer sein. Es war freilich, wenn man es recht betrachtete, schlimm genug. Mit keinem Wort war dieser Kriegsrichter auf den Menschen zu sprechen gekommen, der da morgen früh erschossen werden soll, den Menschen aus Fleisch und Blut, aus Hoffnung und Angst, aus Sorge und Qual. Aber so war das eben. Und was sollte ich nun wohl vom Adjutanten erhoffen, sofern er zurückgekehrt ist von seiner ominösen Besprechung?

Man trat in das Schreibzimmer ein, ohne anzuklopfen. Richtig, da stand er nun, unter der Seitentür, die in sein Zimmer führte, etwa fünfundvierzigjährig, klein und untersetzt, eine Akte in der Hand. »Heil Hitler, Herr Pfarrer.«

Das hieß: ein Messer zum Willkomm.

»Ich höre, Sie waren schon beim Gerichtsoffizier. Nun, dann wissen Sie ja Bescheid. Letzte Ölung. Morgen früh ist er fällig.«

Ich erwiderte nichts. Ich starrte meinem Gegenüber einen Augenblick ins Gesicht, fühlte aber dann, wie meine Augen abirrten. Vor Grauen, vor Scham. Das Grauen hieß: es gibt Menschen, die es nicht geben darf. Und dies war einer von ihnen.

13

»Kein angenehmes Geschäft, weiß Gott«, fuhr er fort. »'n Mädel im Bett ist was Hübscheres, was Schrotz?« Er wandte sich einem der Schreiber zu, es war der dritte Mann, der bis jetzt noch gar nicht von seinen Blättern aufgeschaut hatte, auch vorhin nicht, als ich das erstemal ins Zimmer gekommen war. Jetzt aber sah er auf, und für den Moment dieses Aufschauens war die trübselige Hausung, der stinkige Raum ein Ort, wo man leben konnte: so ernst, so nobel, so schmerzvoll freilich auch waren die Augen des Angeredeten auf uns gerichtet, zuerst auf den Major, dann auf mich. Er sprach kein Wort.

Der Major, irritiert durch dieses Schweigen, schlug das Aktenstück auf den Tisch und rief: »Tun Sie nur nicht so scheinheilig, als ob Sie nichts von der Zimmergymnastik verstünden.«

Das ist ja eine ganz unhaltbare Situation: ich komme in einem Auftrag – und in was für einem Auftrag! – und der Mann, anstatt mit mir zu sprechen, wie es seines Amtes wäre, verlustiert sich im Zotenreißen. Ich bin feig wie ein Köter, wenn ich nicht auf der Stelle das Zimmer verlasse.

Was ist das für ein Mensch? Wo kommt er her? Wie kommt er zu seinen Majorsraupen? Dieser Krieg, der eine einzige Haßexplosion war gegen alles, was eines guten, heiter beweglichen Geistes sein mochte, brachte in seiner Truppenauswahl wieder und wieder die närrischsten Dinge zustande. Einen Professor der Anglistik hatte man damit beschäftigt, Schinken zu zählen in einem Armeeverpflegungslager, ein Oberzahlmeister, daheim ein sublimer Kenner des Horaz, verbrachte seine Tage damit, über Stühle, Tische und Putzeimer zu quittieren, und ein Friseur, der zeitig genug aufgestanden war, konnte jetzt Hauptmann sein. Aber was war dieser Kartuschke gewesen, früher, vor dieser Zeit?

Unterdes gingen wir in sein Zimmer, er bot mir mit einer Bewegung, die ich nun übersah, Platz an und fuhr fort: »Nur kein falsches christliches Mitleid vorschützen. Wer desertiert, verliert die Rübe, das ist ein klarer Fall. Laßt Kugeln sprechen! Der Führer kann in diesem Kampf, wo es hart auf hart geht, keine Schlappschwänze brauchen.«

Dann in einem anderen Ton: »Haben Sie schon die Papiere?«

Ich erwiderte, daß ich eben dabei sei, mir Klarheit über den Fall zu verschaffen, wurde aber sogleich durch sein feindseliges Lachen belehrt, daß er nicht an die Gerichtsakten, sondern lediglich an meinen Quartierzettel oder dergleichen Lappalien gedacht hatte.

»Klarheit!« hämmerte er nun auf den Tisch, »was heißt hier Klarheit? Psychologische Details, wie? Gott, wenn ich schon Psychologie höre! Zum Kotzen, sag ich Ihnen. Morgen früh 'n anständiges Vaterunser. Punkt. Schluß mit Jubel. Wir haben unsre Kraft der kämpfenden Truppe zu leihen. Für Kretins ist mir meine Zeit entschieden zu schade.«

»Na, Ihre Sache –«, setzte er eben noch hinzu, als die zweite Türe seines Arbeitsraumes sich öffnete und der General erschien. Kartuschke nahm Haltung an und wandte sich dem Chef zu. Der General, ein Sechziger mit Weltkriegsauszeichnungen, trug den Mantel offen. Ein rotnarbiges, nichtssagendes Trinkergesicht.

Ich hatte gegrüßt und wartete, ob der General mich anreden würde. Major Kartuschke stellte mich vor.

»Der Kriegspfarrer«, begann er – er hätte ja nun wirklich sagen können: der Herr Kriegspfarrer – »der Kriegspfarrer ist hier, um morgen früh an der Erschießung des Baranowski teilzunehmen.«

Nun der General zu mir: »Wo kommen Sie her?«

»Aus Winniza, Herr General.«

»Und Sie vertreten hier –?«

»Kriegspfarrer Holze.«

»Was ist mit Holze?« Die Frage galt dem Major. Der gab zur Antwort: »Holze ist abgelöst, Ersatz ist noch nicht gestellt.«

»Ach ja, da hatten Sie die Sache mit der Beerdigung, erinnere mich, mit den defaitistischen Äußerungen. Na ja, war indiskutabel. Ist für morgen alles vorbereitet? Zu eklig, wenn bei solchen Gelegenheiten etwas nicht klappt.«

»WGO stellt Sarg und Transportkommando, Oberleutnant Ernst von III/532 führt das Peloton, das ist alles.«

(WGO hieß: Wehrmachtgräberoffizier. Die Zertrümmerung der Sprache ist gelungen. Wofern sie geplant war. Sie war geplant. Nimm dem Menschen die Sprache, und er wird zum Kadaver. Der Kadaver leistet Kadavergehorsam.)

Es erfolgte keine Antwort. Der General begann, den Mantel zuzuknöpfen, und wandte sich dann mir noch einmal zu (›Sag ein Wort‹, denke ich, ›ein wirkliches Wort! Du trägst die Uniform des Clausewitz!‹). Dann kam es: »Sorgen Sie dafür, daß die Sache glatt vonstatten geht.«

Da hatte ich nun mein ›Wort‹. Nein, auf diesem Acker wächst kein lebendiges Korn mehr. Es ist Zeit, daß es damit zu Ende geht. Umgraben. Brach liegen lassen. Dornen und Disteln soll er tragen, der Acker. Dornen und Disteln trägt er lange schon. Und Giftweizen.

Aber ich sagte – und empfand zum zweitenmal meine Feigheit wie einen gallebitteren Speichel im Mund: »Jawohl, Herr General.«

Der General tippte an die Mütze und ging. Ich hatte das Gefühl, als ob mein ganzes Gesicht ein einziger Ausdruck des Ekels sei, ein einziges: Luft oder ich ersticke! Vielleicht, daß sogar Kartuschke einen Augenblick davon betroffen war. Er sagte, weit weniger schneidig als vorher: »Ihr Quartierschein, Herr Pfarrer.«

Ich sah den Major noch einmal an. Er trug die beiden eisernen Kreuze, dazu das Infanteriesturmabzeichen, das – ich wußte es – niemand geschenkt bekam. Er war ohne Würde, dieser Offizier, so viel stand fest. Ohne Geschichte war er nicht, ohne Erlebniskette. Vielleicht käme nicht wenig darauf an, diese Geschichte zu wissen, diese Kette zu kennen. Da nannten wir uns also Seelsorger. Nun denn, dann waren wir für alle da. Dem tapfren Schreiber, dem Schrotz das Rückgrat zu steifen, das war nicht sehr schwer. Mit Baranowski heute nacht zusammen sein, das mochte schon eher eine Mühe heißen. Aber was geschieht mit den Kartuschkes in diesem Heer? Und was geschieht nicht? Durch uns – nicht?

Ich ging. Das Angebot, mir durch den Unteroffizier den Weg zum Wehrmachtheim zeigen zu lassen, lehnte ich ab.

16

»Danke, ich finde mich selbst zurecht.« Das mochte hingehen, ich war nicht verpflichtet, mir jetzt auch noch die Unteroffizierstöne zuzumuten. Aber daß ich es nicht über mich brachte, von mir aus zuletzt Major Kartuschke die Hand zu geben, das freilich empfand ich schon unter der Türe als das, was es war: als Niederlage.

3

Was nun folgt, ist ein Zwischenakt von fünfunddreißig Minuten Dauer, der zu überschreiben wäre: Im Wehrmachtheim. Seit ich den Namen des Mannes dieser Nacht und des kommenden Morgens wußte, drängte das Gefühl danach, ihm zu begegnen, und alles, was mich aufhielt, erlebte ich nur noch wie durch eine Glaswand hindurch. Auch die Begegnung mit Kartuschke hörte, kaum, daß sie zu Ende gegangen war, fast schon auf, wirklich zu sein. Fedor Baranowski: Sprache ruft immer ins Geheimnis hinein, und Namen haben ihre eigene Magie; ich konnte es nicht hindern, daß hinter diesem Soldatennamen, der mir vor einer Stunde noch unbekannt war und der – nun schon fast ausgelöscht auf der Schreibtafel dieser Zeit – unbekannt bleiben würde, daß hinter diesem Namen ein anderer Name aufstand, ein unauslöschlicher Name, verwandten Klanges, fast heilig und schrecklich zugleich, der Name Fedor Dostojewskijs. Den hatte das Leben im letzten Augenblick zurückgerissen vom Schafott. Aber das Peloton des Oberleutnants – wie hieß er doch? – des Oberleutnants Ernst wird sicher treffen.

Ich lief durch die halbdunklen Straßen der Stadt und wurde plötzlich gewahr, daß ich nicht achtgegeben hatte auf die Schilder, die zahllosen Truppenunterkunfts-Bezeichnungen, in denen man sich zurecht finden mußte. Fast wollte ich schon bereuen, die Begleitung ins Wehrmachtheim abgelehnt zu haben, als ich Speiseduft und Geschirrgeklapper wahrnahm: hier könnte es sein. Es war, das sah man gleich, eines jener Häuser, die schon vor Zeiten als Unterkunftshaus gedient hatten: ein Landgasthaus mit Stallungen und allem Zubehör, wie sie in den russischen Romanen wieder und wieder beschrieben sind, Troikageläut beschwörend, Pelz- und Branntweinduft, die Stimmen der tiefverschleierten Unbekannten, die Stimmen der Großfürsten und alles Geflecht des Schicksals. Nun hatte sich also das deutsche Militärkommando des Anwesens bemächtigt und ein Wehrmachtheim für Offiziere daraus gemacht, Speiseanstalt und Nachtquartier, beides gewiß nicht wenig besucht, schon des Flugplatzes wegen, der hier am Stadtrand lag. Man weiß, was es mit einer solchen Übernahme auf sich hat: ein Oberzahlmeister, der die Verantwortung trägt, hält sich im Hintergrund, ein alter Oberfeldwebel wird mit der Führung der Geschäfte beauftragt, der wiederum holt sich drei Soldaten, und die drei Soldaten kommandieren über ein Dutzend Landeseinwohner, Küchenmädchen, Kartoffelschälerinnen, Putzfrauen. Wenn alles aufeinander eingespielt ist, so geht es leidlich und mitunter sogar gut.

Keine Rede von Prunk und Glanz, Luxus und Völlerei: Preußen regiert, kühle, sachliche Strenge und Genauigkeit; sorgfältige Prüfung der Personalpapiere, klares Ja und Nein, und diese straffe Ordnung war noch das Beste, was man sich hier wünschen konnte. Auf einen persönlichen Ton durfte man nicht hoffen, stellte er sich dennoch ein, so empfing ihn jeder als ein unerwartetes Geschenk.

Ich trat in die Kanzlei, sagte mein Begehren, gab an, daß ich das Haus früh um vier verlassen und vorher noch in der Nacht in Ruhe arbeiten müsse. »Sie verstehen, ich brauche unbedingt ein Zimmer für mich.«

»Das kann ich Ihnen leider nicht versprechen, Herr Pfarrer. Alle unsre Zimmer sind als Doppel- und Dreibettzimmer eingerichtet, auch die Zimmer für die Herren Stabsoffiziere. Wir haben sehr großen Durchgangsverkehr. Ich gebe Ihnen natürlich ein Zimmer, das jetzt noch ganz frei ist, und werde mir auch alle Mühe geben, es den Abend über frei zu halten, aber versprechen kann ich es nicht. Vielleicht muß ich Ihnen doch noch einen zweiten Gast hineinlegen.«

Das war ungewöhnlich höflich ausgedrückt und überdies vorgetragen in einem Tonfall, den ich kannte.

»Wo sind Sie her?« fragte ich den Obergefreiten, der sich so menschlich auszudrücken verstand.

»Aus Balingen auf der Schwäbischen Alb«, war die Antwort.

»So, aus Balingen; da sind wir Landsleute.«

Ich gab ihm die Hand, erkundigte mich nach diesem und jenem und hatte meine Freude an dem Mann. Wieder einmal dachte ich, wie so oft in diesen Jahren: Deutschland gibt es schon fast nicht mehr, das berühmte ›Großdoitschland‹ vor allem ist ein strategischer Götze, sonst nichts ... aber den Stamm, die Landsmannschaft, den Dialektzusammenklang, gleiches Lächeln, gleiches Klima, gleiches Zeitmaß, Eile mit Weile – das gibt es, das ist wirklich, und das verbindet denn auch fast ohne Mühe.

Der Landsmann zeigte mir zunächst den Nachtausgang, den Platz des Hausschlüssels, und führte mich dann in das Zimmer. Wie alles im Haus war auch dieses schmucklos, aber sauber, und dadurch, daß auf der einen Seite eine halbe Wand fehlte und eine Nische sich anschloß, wirkte es fast wie ein Doppelzimmer. Ich beschloß, den Seitenraum zur Schlafstätte, den Hauptraum zum Arbeitsplatz zu erwählen, und sagte halb lachend: »O, das ist ja die reinste Zimmerflucht.«

»Nicht ganz, Herr Pfarrer«, erwiderte der Landsmann, »aber man kann es hier aushalten. Übrigens, bis wann werden Sie, Herr Pfarrer, zurück sein? Ich frage, weil ich dann bis dahin noch heizen ließe.«

»Heizen? Das wäre ausgezeichnet. Ja, ich habe also zunächst noch einen Besuch zu machen. Aber bis neun, spätestens halb zehn Uhr werde ich wieder hier sein. Kann man wohl jetzt etwas zu Abend essen?«

»Sofort.«

Der Balinger ging, ich legte meine Sachen ab, nur die Aktenmappe behielt ich ständig bei mir, und ging zu Tisch. Der Speisesaal, der in jeder schwäbischen Kleinstadt als Wirtschaftsraum hätte vorkommen können, war ziemlich besetzt.

Man gab den Bon ab und bediente sich selbst. Suppe, Gemüse und Kartoffeln – das war durchaus befriedigend. Was einen dennoch keinen Augenblick lang verließ, war das unfrohe Gefühl, das dieser zufällig zusammengewürfelten Versammlung anhing wie Harz am Waffenrock, und keiner schien sich der Verstörung entziehen zu können. Würde es im Lager der Gegner, in einem amerikanischen Kasino etwa so dumpf zugehen können? Kaum. Mir kamen einige Schilderungen solcher gemeinsamen Mahlzeiten aus Goethes ›Kampagne in Frankreich‹ in den Sinn. Auch da war eine andere Sphäre geschildert, ein menschenwürdiger, wohlgemuter Klang war zu vernehmen, und der berühmte Chronist wagte das Wort, es gäbe eigentlich keinen ergötzlicheren Umgang als den mit einem gebildeten Soldaten. Freilich erinnerte ich mich auch einer anderen Stelle aus jenen langvergangenen Tagebüchern, wo von den Militärs einer Wirtstafel in Trier gesagt ist, daß sie alle ›wie in einer gemeinsamen Hölle zusammengefaßt‹ schienen, und an diese Bemerkung zu denken, gab es hier im Wehrmachtheim zu Proskurow Gelegenheit genug.

Daß der Krieg zu diesem Zeitpunkt – wir schrieben Oktober neunzehnhundertzweiundvierzig – für Hitler nicht mehr zu gewinnen war, konnte keinem ruhigen Betrachter zweifelhaft sein. Die Kämpfe um Stalingrad waren zum Stillstand gekommen, die Landung der Alliierten auf dem afrikanischen Kriegsschauplatz würde heute oder morgen stattfinden, auch war eine englische Gegenoffensive bei Tobruk mehr als wahrscheinlich. Daß dieser Krieg aber verlorengehen m u ß t e , wenn es in Zukunft überhaupt noch ein menschenwürdiges Leben für uns geben sollte – diese Einsicht blieb zu diesem Zeitpunkt noch immer die Einsicht von einzelnen. Was im Vordergrund des Bewußtseins der Allgemeinheit stand, das waren die unnötigen Quälereien des Soldatenalltags, die langanhaltenden Urlaubssperren, die Ungerechtigkeit der Liebedienerei, Durchstechereien, und da und dort doch auch das Rinnsal böser Botschaft von daheim. Der Mord an den Geisteskranken war trotz aller Geheimhaltung nicht verborgen geblieben, und von den Judenpogromen wußte über den

Kreis der Beteiligten hinaus dieser und jener mehr, als er ertragen konnte.

Noch war dieses Abendessen, ohne im mindesten üppig zu sein, wohl zubereitet, noch fuhren die Güterzüge mit Weizen, Zucker und Öl ziemlich unbehelligt über die Grenze, und die feisten Gesichter der Nutznießer aus dem rückwärtigen Heeresgebiet verrieten keine Not. Aber die bedrückende Finsternis, die sich über dem Saal auszubreiten schien – gab sie nicht kund, daß man auf die Dauer sich nicht täuschen konnte über die wirklichen Zusammenhänge, offenbarte sie nicht die strenge, einfältige Wahrheit: daß unrecht Gut nicht gedeiht?

4

Ich hatte es absichtlich vermieden, mich durch den Fernsprecher im Ortsgefängnis anzusagen. Es war nötig, daß ich jetzt die Dinge genau in der Hand behielt. Das hieß: ich mußte zunächst dazu kommen, den Todeskandidaten heute abend noch kennenzulernen, zum anderen aber sorgfältig vermeiden, daß er den wahren Grund meines Hierseins schon an diesem Abend erfährt. Ich war mir bewußt, daß ich das nicht ohne Umweg, möglicherweise nicht ohne Täuschungsmanöver bewerkstelligen könnte; aber das Ziel, dem Verurteilten eine letzte, ruhige Erdennacht zu lassen, mußte erreicht werden. Ich lief den Weg zur Kommandantur zurück; der Wind, der schon während des Nachmittags heftig über die Felder gefahren war und im Laufe des Abends immer noch an Stärke zugenommen hatte, war nun zum Sturm geworden. Die halbverdunkelte Hängelaterne nahe beim Gefängnis schwankte her und hin, und die Eisentür, welche den Hof abschloß, klirrte in ihren Fugen. Ich läutete. Läutete zum zweitenmal. Dann näherte sich der Schritt des Postens.

»Wer ist draußen?«

Ich nannte meinen Namen und meinen Dienstrang.

»Parole?«

Nun wußte ich die Parole nicht. Ich wiederholte meine ersten Angaben und fügte hinzu: »Komme soeben aus Winniza.« Der Posten schien sich zu besinnen. Wackrer Mann, vorsichtiger Mann. Dann öffnete er, der grelle Lichtkegel einer Taschenlampe fiel mir ins Gesicht.

»Ich bin der evangelische Kriegspfarrer und hätte gerne Oberfeldwebel Mascher gesprochen.«

»Jawohl.«

Ich folgte ihm in die Wachstube, sie war menschenleer. Zwei Tische, fünf Stühle, Gewehrständer, die Bücher – Wachbuch, Tagbuch, Strafregister – wie man das kannte! In ganz Europa dasselbe, wo immer Hitler seinen Fuß hinsetzte. Und die Luft – dieses Duftgemisch aus Gewehröl, Kommißtuch, Kochgeschirr und Soldateska – nicht einzuatmen, ohne zu fühlen, was das ist: das Zuchthaus Europa.

Der Posten war in den Nebenraum gegangen, aus dem das wohlvertraute Abendgeräusch der Kasernenstuben kam: das harte Aufschlagen der Karten, die rätselhaften, wie Feuerstöße sich folgenden Zahlen: achtzehn – vierundzwanzig – siebenundzwanzig – dazwischen das gleichfalls mysteriöse »weg« in dumpfer Monotonie. Einen Augenblick herrschte Stille, der Posten machte seine Meldung. Dann hörte man eine heiser-lärmende Stimme: »Der Himmelskomiker! Ick wer verrückt!« Dann nach einer Pause: »Das is sicher wegen Baranowski. Sag ihm, ich komme gleich.«

»Herr Oberfeldwebel kommt gleich.«

Ich, um etwas zu sagen: »Sie haben jetzt Feierabend?«

Der Posten: »Ja, um sechs ist hier Essensausgabe, dann ist Schluß. Nur noch so Streifengang. Wir haben ja zum Glück nur einen kleinen Betrieb.«

Der Feldwebel erschien, eine Welle von Wodkaduft ging ihm voraus.

Nur eine Sekunde war ich drauf und dran, ihn zu begrüßen mit dem Wort: Dem Himmelskomiker ist es selbst nicht recht, daß er stören muß – aber dann tat er mir leid; er stand so treudeutsch und blauäugig da, und wer sagt mir, daß ich nicht

22

auch zum Wodka und zum Skat meine Zuflucht nehmen würde, wenn ich Gefängniswärter wäre in Proskurow?

»Ich muß Sie noch stören«, fing ich an. »Sie wissen: morgen früh ist die Exekution des Soldaten Baranowski; ich bin von Winniza herbeordert worden, um ihn auf den Tod vorzubereiten.«

»Jawohl, Herr Kriegspfarrer.«

»Ich würde nun großen Wert darauf legen, Baranowski heute abend noch kurz kennen zu lernen. Andrerseits möchte ich natürlich nicht, daß er vorzeitig erfährt, warum ich hier bin. Dazu ist es morgen früh – früh genug. Nun hätte ich gerne mit Ihnen besprochen, wie wir das zuwege bringen.«

Es war deutlich zu merken, daß der Feldwebel unversehens wieder Haltung gewann. Er sah ein, daß ich selbst ziemlich genau wußte, was ich wollte, und daß ich ihn nun doch fragte und so in die Verantwortung einbezog, das mochte er als ein Stück Höflichkeit empfinden. So war das Glasige aus seinem Blick wie verschwunden, als er zur Antwort gab:

»Wenn ich einen Vorschlag machen soll, so könnten Herr Pfarrer vielleicht eine Art Kasernenstunde halten, wie das Kriegspfarrer Holze auch getan hat. Wir haben diese Andachten schon ein paarmal auf den Abend gelegt, da ist nichts Auffälliges dabei. Die Jungs sind ja so heilfroh, wenn ihre Nacht 'n bißchen kürzer wird. Bei dieser Gelegenheit könnte Herr Pfarrer dann den Baranowski so peu à peu kennenlernen. Ist übrigens ein ordentlicher Junge. Ich habe immer gesagt: Schade um den Bengel. Aber Fahnenflucht. Nichts zu machen. – Soll ich so mein Kommando informieren?«

»Gut, machen wir's so.«

»Wir sammeln die Gefangenen in einer Zelle.«

»Ist da ausreichend Platz?«

»Ja. Wir haben eine Gemeinschaftszelle, die ist zur Zeit unbelegt. Wir haben im Augenblick nur zwölf Gefangene.«

»Schön.«

»Vielleicht warten Herr Kriegspfarrer hier, bis alles bereit ist.«

»Nein, lassen Sie mich zuerst in die Zelle.«

Das hatte ich nur so auf gut Glück gesagt. Erst im Hinübergehen kam mir, daß dieses Zuerst-da-Sein für mein Vorhaben einen wirklichen Vorteil bietet. Ich bekomme mühelos und ohne, daß es irgendeinen Verdacht erregen könnte, von jedem Eintretenden bei seiner Meldung den Namen gesagt, automatisch gleichsam, und so auch den Namen, auf den es mir ankam. Vorausgesetzt, daß Baranowski an der Abendandacht teilnimmt. Die Teilnahme war freiwillig. Vermutlich hatte der Feldwebel ganz recht: die Gefangenen kamen ziemlich vollzählig, nicht unbedingt aus innerem Interesse, sondern einfach, weil es eine Abwechslung war. Und warum sollte Baranowski nicht kommen? Etwa wegen des Todesurteils? Ich hatte die Erfahrung gemacht, daß auch die zum Tod Verurteilten überhaupt nicht mit der Wirklichkeit dieses Urteils lebten, sondern – so seltsam es klingt – nur mit der ihres Gnadengesuchs, jenes Blättchen Papiers, das sie immer beschrieben und das so gut wie nie eine Bedeutung gewann. Nun, ich würde es ja sogleich innewerden.

Die Schließer hatten drei Schrannen aufgestellt und einen Tisch herangerückt. Ich stellte das Kreuz darauf und die beiden Kerzen, die ich zum Glück vorhin in meiner Tasche gelassen hatte.

Schon hörte ich die Häftlinge kommen. Der hallende Schritt in der Nacht, es war wirklich Nacht, eine Petroleumlampe gab geringen Schein: seltsam, wie die Seele wandern kann, wie ein einziges Geräusch ganze Vergangenheiten aufweckt. Wo hatte ich diese hallenden Schritte so, eben so gehört? Bei den Mönchen im Kloster Beuron war das gewesen, wenn sie abends über den Gang her kamen und in die dunkle Kirche einzogen zur Komplet: ›Eine ruhige Nacht und ein seliges Ende verleihe uns der allmächtige Gott.‹

Sie traten ein. Die Straffheit, mit der sie sich meldeten, wirkte wunderlich übertrieben, eher bricht das Leben entzwei als diese Form. Ich merkte mir die Namen nicht, da ich hier nur auf den einen Namen zu achten hatte, doch blickte ich aufmerksam in jedes einzelne Gesicht. Der, auf den es mir ankam, war der zweitletzte. (Er war also gekommen, dem Himmel sei Dank!) Fiel etwas an ihm auf? Die blasse Gefängnisfarbe hatte er nicht allein; aus einem dunklen Gesicht schauten schräge, sehr traurige Augen, die Vorstellung von geprügeltem Leben stellte sich ein.

Wie war es nun zu halten: zuerst Abendandacht, dann Privatgespräch, oder zuerst ein Rundgespräch, um sich kennenzulernen, und ein biblisches Wort am Schluß?

Ich entschließe mich für einen Zwischenweg und denke, es sei richtig, wenn ich mir zuerst noch einmal die Namen und die Herkunftsorte, dazu den Zivilberuf sagen lasse. Das ist neutrales Gebiet. Von den Straftaten und den Strafen vorderhand kein Wort, vielleicht, daß man später doch noch bei dem einen oder anderen darauf zu sprechen kommt.

»Soldat Baranowski, ohne Beruf, Küstrin.«

»Ich habe einen Freund, der ist auch aus Küstrin; Pastor Lilienthal von der Ostkirche dort.«

Baranowski hebt, als er den Namen des Freundes hört, das Gesicht, halb ungläubig und halb erfreut. Dann sagt er: »Ja? Der hat mich eingesegnet.«

»Ach was! Der ist jetzt drüben bei mir als Gefreiter in einem Landesschützenbataillon.«

»So, Pastor Lilienthal. Den hätte ich gern nochmal wiedergesehen. War ein wunderbarer Mann.«

»Soll ich ihn von Ihnen grüßen, Baranowski?« (Vorsicht, Vorsicht, sage ich zu mir, während ich das frage.)

Baranowski fällt zurück in die Traurigkeit von vorhin: »Ach nein, das ist ja nun schon sieben Jahre her; der kann sich doch nicht mehr erinnern. Da waren ja viele seither –«

»Doch, der schon. Er hat ein ganz unvorstellbares Gedächtnis für Gesichter und Namen und Menschen überhaupt.«

»Nein, grüßen Sie ihn vielleicht lieber nicht.«

Ich leitete über und sagte ihnen das Wort, das ich unterwegs mir zurechtgelegt hatte, anknüpfend an eine Stelle aus der Apostelgeschichte des Lukas, wo es heißt: ›Um die Mitternacht aber beteten Paulus und Silas und lobten Gott; und

25

es hörten sie die Gefangenen.‹ So eine Botschaft auszulegen, das ist zu allen Zeiten und an allen Orten kein ungefährlicher Gang durch die Welt der Worte. Hier ist es noch schwieriger als sonst. Kein falscher Ton darf mir mit unterlaufen, keine unreine Schwingung. Es kam darauf an, ihnen in der besonderen Zeit und dem besonderen Los, die hier die ihren waren, einen Sinn zu zeigen und ihnen zu sagen, daß der Lobgesang inmitten der Nacht ein Geschenk ist, mit dem sie selbst beschenkt sind.

Zuletzt sangen wir noch einen Vers und dann noch einen; danach kamen wir leicht miteinander ins Gespräch. Ich setzte mich zu ihnen auf die Bank.

Nun muß man sich vorstellen, daß es bei diesen Strafgefangenen sich oft genug um Buben handelt, die drüben in der Bürgerwelt nie und nimmer ein Gefängnis von innen zu sehen bekommen hätten; ihre Vergehen konnten nur nach dem Militärkodex bestraft werden. Insubordination zum Beispiel, das hieß häufig gar nichts anderes, als daß ein armer Kerl die Nerven verloren hatte. Freilich kam auch Kameradendiebstahl vor, der galt als schimpflich, und niemand nahm ihn leicht.

Ein langer, rotblonder Junge, dessen offenes, zutrauliches Gesicht mir während meiner kleinen Ansprache aufgefallen war, gab auf die Frage, warum er hierher gekommen sei, freimütig zur Antwort – und so, wie er Antwort gab, klang es durchaus nicht böse und nicht einmal schamlos:

»Ick, ick ha ma ne L. jeholt. Na, da kam ick erst mal nach Jaissin uf de Ritterburch. So ne Verflejung. Klasse. Alles dran. Na ja, die Spritzen, det wa keen Vajnüjen. Nu jut. Ick, jeheilt, nehme meine Klamotten, zurück zu'n Haufen. Melde mir beim Alten, und nu det dicke Ende: ›Ich bestrafe Sie mit drei Wochen geschärften Arrest wegen Unterlassung des Sanierens und wegen Verschweigens der Ansteckung.‹ Na, da hatte ick mein Fett wech.«

Jetzt keine Vorträge, keinen Sermon wider die Lues. Aber vielleicht eine Erinnerung an die andere Seite des Daseins. »Wer von euch hat Kinder? Habt ihr Bilder da?« Die Brieftaschen flogen auf, Photographien wurden herumgereicht, es war gut sein hier bei der Petroleumlampe in der Gefängnisnacht. Baranowski, den ich heimlich nicht aus den Augen ließ, saß still dabei, wie von einer Wolke verhüllt. Er zog keine Brieftasche heraus.

Der Schließer trat ein. »Herr Kriegspfarrer werden am Telephon verlangt.«

»Von wem denn? Aus Winniza?«

»Nein, hier vom Baubataillon III/532, Oberleutnant Ernst.«

»So. Gut. Ich komme sofort.«

»Ich bin gleich wieder da, Kameraden. Die drei kleinen Mädels da muß ich mir noch ein bißchen gründlicher anschauen, ich habe selber drei von der Sorte.«

Ich eilte durch die Gänge ins Wachzimmer. Der Hörer lag neben dem Feldfernsprecher.

»Ja?«

»Hier Oberleutnant Ernst. Ich hätte Sie gerne heute abend noch gesprochen im Zusammenhang mit dem Fall Baranowski. Ich bin als Chef des Pelotons bestimmt. Nun höre ich, Sie seien gerade im Gefängnis. Hätten Sie wohl nachher noch ein wenig Zeit für mich?«

»Natürlich, sehr gerne.«

»Haben Sie jetzt noch länger im Gefängnis zu tun?«

»Nein, ich bin für heute abend ungefähr fertig.«

»Gut, dann darf ich Sie am Ausgang des Gefängnisses erwarten, in zehn Minuten, ist Ihnen das so recht?«

»Ja. Oder soll ich zu Ihnen kommen?«

»Nein, nein – ich begleite Sie dann zu Ihrem Quartier.«

»Gut. Dann also in zehn Minuten.«

Ich lege den Hörer auf. »Ich muß noch einmal rasch in die Zelle zurück«, sage ich zu dem Oberfeldwebel, der unter die Tür getreten war. In der Gemeinschaftszelle sind die Häftlinge ganz manierlich im Gespräch, ich schaue mir noch das Familienbild des Hannoveraners an, gebe ihnen dann die Hand, allen, doch ohne einen Namen zu sagen; auch Baranowskis Namen sage ich nicht. ›Eine ruhige Nacht und

27

ein seliges Ende . . . ‹ Da gehen sie ihren Weg in die Zellen zurück.

Einer drehte sich um und rief halblaut: »Schönen Dank auch.« Es war der Junge mit der Lues. Wie ernst das klang, dieses »Schönen Dank auch«, gar nicht nur so hingesagt. Und ich denke wieder wie schon oft: böser Krieg, satanischer Krieg. Die Buben sollen ihre Mädchen auf einem Waldweg treffen können, sollen einen Kuß spüren wie den Biß in eine Gartenfrucht, das wäre Prophylaktikum genug wider alle Lues.

Nun der Abschied im Wachzimmer.

»Herr Mascher, ich komme morgen früh, pünktlich um vier Uhr. Auf fünf Uhr fünfzehn hat sich der Herr Kriegsgerichtsrat angesagt. Ich brauche eine Stunde für das Gespräch mit Baranowski.«

»Jawohl, Herr Kriegspfarrer.«

»Gute Nacht.«

»Gute Nacht.«

Unter der Tür noch: »Wie heißt das Kennwort heute?«

»Odessa.«

»Parole: Odessa.«

5

»Herr Pfarrer?«

»Jawohl.«

»Oberleutnant Ernst.«

»Guten Abend, Herr Ernst.« Ich empfand bei diesem Gruß das Wohltätige meiner Dienststellung, daß sie mir erlaubte, die meisten Einheitsführer zivilistisch anzureden. Man war nicht eigentlich eingestuft, rangierte aber doch ungefähr bei den Majoren und war ohnehin fast wie aus einer eigenen Welt. Für Hitler war die Feldseelsorge ein überflüssiges Anhängsel, oft war er drauf und dran, sie ganz abzuschaffen. So war die Einrichtung als solche bedeutungslos, aber jeder einzelne Träger des Amts konnte noch immer nicht wenig ausrichten.

»Ich bin Kompaniechef in einem Baubataillon, wir haben von der Oberfeldkommandantur den Auftrag bekommen, für morgen früh das Erschießungskommando, eins/zehn, zu stellen, ich selbst bin als Führer dieses Kommandos bestimmt.«

»Ein trübseliger Auftrag.«

»Ich vermute, wir haben uns beide nicht um unsren Dienst zu beneiden, Herr – Kollege.«

»Ach, Sie sind –«

»Ja, ich bin Pfarrer. In einem Dorf bei Soest. Ich – verzeihen Sie, Herr Bruder, aber dieser Auftrag geht über meine Kraft.«

Er hielt inne, und so gingen wir eine Weile schweigend unseres Wegs. Ich konnte das Gesicht des Mannes nicht erkennen, die Stimme nur kam auf mich zu, und sie ging mich an. Er konnte zwölf, vielleicht auch fünfzehn Jahre älter sein als ich, gehörte also noch zu der Generation, die am ersten Weltkrieg beteiligt war. Er hatte ein wenig Mühe, sich aufrecht zu halten. Nun blieb er stehen.

»Ich kann es nicht.«

Das klang so wie ein Schlußwort nach langem Streit, erschöpft und schwer.

»Das Ganze ist eine Schikane, eine bewußte Schikane von Major Kartuschke.«

»Hat der Major etwas gegen Sie?«

Oberleutnant Ernst kam noch einen halben Schritt näher, senkte die Stimme und antwortete: »Wir kennen uns, Kartuschke und ich. Wir kennen uns nicht einmal ganz flüchtig. Leider, muß ich sagen. Kartuschke war nämlich vor zweiundzwanzig Jahren, Anno zwanzig, einige Monate lang mein Hausgenosse und mein Vikar.«

»Ja, aber – um Gott, Kartuschke ist Theologe!«

Ich hatte vor Schrecken fast aufgeschrien.

»Nicht so laut, Herr Kollege, der Wind hat Ohren. Kartuschke w a r Theologe. Nur kurze Zeit – ein, zwei Jahre. Es war ein Mißverständnis, er selbst sah es nach kurzer Zeit so an. Er ist dann bald abgeschwenkt, ich glaube zu einer ganzen

Anzahl von Berufen. Wir hatten ihn aus den Augen verloren. Da, Anno dreiunddreißig, als Hitler kam, kam auch Kartuschke wieder. Sie kennen das ja. Der Diener der Kirche geht, und der Kirchenspitzel kommt. Es war eine böse Zeit. Wir haben aufgeatmet, als zwei Jahre später bei der Wiedereinführung der Wehrpflicht Kartuschke endlich Gelegenheit fand, etwas zu werden. Er ist jetzt Major. Nun, von mir aus. Aber wie konnte ich denken, daß ich ihn einmal so treffen würde, daß ihm das Leben Gelegenheit geben sollte, mich zu quälen.«

Nach einer Pause fuhr er fort: »Ich habe noch heute nachmittag versucht, diesen Auftrag abzuschütteln. Kartuschke war nicht da, oder, wahrscheinlicher, er ließ sich verleugnen. Einen Fußfall tu ich nicht. Ach, ich kann mir denken, wie sehr es ihn freut, mir das antun zu können. Sehen Sie, Herr Bruder, ich habe Kinder. Haben Sie auch Kinder? Auch. Nun, dann verstehen Sie das ja. Ich kann es nicht.«

Wieder eine Pause.

»Sie sagen nichts?«

»Ich konnte einfach noch nicht darüber hinweg, daß Kartuschke das gleiche Ordinationsgelübde –«

»Lieber Herr Bruder, entschuldigen Sie, wenn ich Sie unterbreche. Wir sollten Kartuschke beiseite lassen. Was tun w i r denn? Morgen früh soll ich sagen: Gebt Feuer! Sie haben den Delinquenten schön zurechtgeknetet, und ich gebe ihm dann vollends den Rest. Wir essen Hitlers Brot und singen Hitlers Lied.«

»Sie bringen mich da in eine merkwürdige Lage. Oder nein: das Leben bringt mich in diese Lage. Ich soll Sie ermutigen, morgen früh zur Stelle zu sein. Ich soll Ihnen so etwas geben wie das gute Gewissen zu Ihrem argen Dienst. Was soll ich Ihnen sagen? Soll ich sagen: wenn Sie, Bruder Ernst, es n i c h t tun, so hilft das dem Baranowski keinen Deut; der muß doch dran glauben, und Sie kostet's das Offizierspatent oder mehr. Dürfen Sie das wollen? Im Effekt hieße das: ein menschlicher Offizier weniger in diesem düstern Krieg und ein unmenschlicher mehr; denn Ersatz, das wissen Sie ja,

Ersatz ist gleich gestellt, er ist billig wie Zuckerrüben. Oder soll ich Sie an einen gewissen Martin Luther erinnern, der schon vor vierhundert Jahren gefragt hat: ›ob Kriegsleute auch in seligem Stand sein können‹, und geantwortet hat: Ja?«

»Nun ja; Böses tun, um Böseres zu verhüten: ist es diese Melodie? Das Amt des Schwertes als das Amt der Ordnung. Aber was für eine Ordnung halten wir denn aufrecht mit unsrem Krieg? Die Ordnung der Friedhöfe. Und den letzten Friedhof, den größten dann, den belegen wir selbst. Und wenn wir je doch übrigbleiben sollten, dann wird man uns fragen: was habt ihr getan? Und dann werden wir alle daherkommen und sagen: wir, wir tragen keine Verantwortung, wir haben nur getan, was uns befohlen wurde. Ich sehe es schon im Geist, Herr Bruder, das ganze Heer der Beteuerer, die Händewäscher der Unschuld. Da muß ein Handtuch her, groß wie ein Leichentuch, für so viel Hände. Aber nein, ganz im Ernst. Das wollte ich Sie fragen: haben wir denn nun irgend etwas voraus vor Kartuschke und seinesgleichen, sind wir nicht noch verdorbener, weil wir wissen, was wir tun?«

Wir waren über den Munizipalplatz weg in eine Anlage gekommen und hatten ein paarmal das Rondell umgangen. Ernst blieb von Zeit zu Zeit stehen und beugte sich vor, wie als müsse man im Duft der Oktobernacht, dem wohligen Duft von feuchtem Wind, sich an das einzig Wirkliche, Beständige und Gute halten, was ihm hier geblieben war. Plötzlich schien er sich noch eines anderen zu erinnern und fragte mich: »Haben Sie ein Verhältnis zur Musik?«

»Ja, ein starkes.«

»Sie lieben den Fidelio?«

»Und wie ich ihn liebe! Ich kann keinen Gang in meine Gefängnisse tun, ohne daß mich das trifft: – ›den Atem frei zu heben‹.«

»Ja, und nun sehen Sie: Deutschland und Fidelio, Deutschland 1942!«

»Lieber Herr, der Fidelio gehört keinem Volk. Er gehörte auch den Wiener Trafikbesitzern von Anno dazumal nicht zu eigen. Der Fidelio gehört dem ewigen Geist, und der ist ein Fremdling auf dieser Erde.«

»Nun ja – aber es ist doch so: wir haben diese Musik, d i e s e Musik im Ohr und dann gehen wir hin und tun die berühmte Pflicht und Schuldigkeit. Sie geben das Plätzchen der trostreichen Worte und ich dann, nicht ganz so zuckerig, die trostreichen Kugeln.«

»Bruder Ernst, ich gehe morgen früh um vier zu Baranowski in die Zelle und bringe ihm kein Plätzchen, sondern, wenn es sich so gibt, Christi Brot und Wein, und Sie wissen, daß das ein Unterschied ist.«

»Ja, ich weiß, ich weiß. Verzeihen Sie, halten Sie es meiner Ratlosigkeit zugute, wenn ich ungereimtes Zeug rede. Aber sagen Sie doch selbst: schreit es nicht gen Himmel? Da laufen wir, Diener am Worte Gottes, in unseren widerwärtigen Verkleidungen, das Mordzeichen auf die Litewka gestickt, durch die finstren Straßen einer russischen Stadt und morgen früh schießen wir einen Jungen tot –?«

Der Wind war so heftig geworden, daß ich nicht hören konnte, ob hier der Satz zu Ende war; ich wartete, bis wir wieder zwischen den Häusern liefen, und sagte dann:

»Sie haben mich vorhin gefragt, worin wir uns denn von Kartuschke und den Seinen unterscheiden und was wir tun sollen. Vielleicht unterscheiden wir uns wirklich nur dadurch, daß wir nie, zu keiner Stunde gutheißen, was nicht gut ist. Wahr, bitter wahr: wir sind hineinverstrickt, der Hexensabbat findet uns schuldig, uns alle. Auch Baranowski ist ja nicht ohne Schuld, und kein englischer Chaplain kommt daran vorbei, einen Fahnenflüchtigen auf solchem Gang zu begleiten. Unsere Schuld aber ist, daß wir leben. Nun müssen wir leben mit dieser unsrer Schuld. Eines Tages dann, da wird es vorbei sein, alles, der Krieg und Hitler, und da haben wir eine neue Aufgabe, und wir wollen redlich mit ihr zu Rate gehen. Dann geht es um das innere Bild aller dieser Dinge und dieses Krieges überhaupt. Es kommt nicht darauf an, den Krieg dann zu hassen. Haß ist, wenn man so sagen kann, ein positiver Affekt. Es ist notwendig, ihn zu entzaubern. Man muß es dem Bewußtsein der Menschen eintränken, wie banal, wie schmutzig dieses Handwerk ist. Die Ilias mag die Ilias bleiben, und das Nibelungenlied bleibe, was es war, aber wir müssen wissen, daß der Dienst mit Schaufel und Hacke ehrenwerter ist als die Jagd nach dem Ritterkreuz. Krieg, so muß man es ausdrücken, Krieg, das ist Fußschweiß, Eiter und Urin. Übermorgen wissen das alle und wissen es für ein paar Jahre. Aber lassen Sie nur erst das neue Jahrzehnt heran-kommen, da werden Sie's erleben, wie die Mythen wieder wachsen wollen wie Labkraut und Löwenzahn. Und da wer-den wir zur Stelle sein müssen, jeder ein guter Sensenmann.«

»Hier ist das Wehrmachtheim. Ich danke Ihnen, lieber Bruder. Bringen Sie dem Jungen die ewige Wegzehr und beten Sie für meine arme Seele.«

»Für u n s r e armen Seelen.«

»Auf Wiedersehen. ›Gute Nacht‹ können wir uns ja wohl wechselseitig nicht wünschen.«

Wir gaben uns die Hand und nickten uns zu. Oberleutnant Ernst wandte sich zum Gehen. Ich sah ihm nach. Ein wenig vornübergeneigt ging er, wie einer, der Schweres trägt. Und erst jetzt kam mir zum Bewußtsein, was sein Gruß, was die-ses »Auf Wiedersehen« diesmal bedeutete: daß er entschlos-sen war, sich in seinen Auftrag zu schicken.

6

Der zuverlässige Landsmann hatte heizen lassen. Die Wärme tat gut nach dem kalten Gefängnis und dem windigen Gang durch die Stadt. Ich zog die Stiefel aus, schlüpfte in die Klet-terschuhe und beschloß, mir noch zwei Tassen echten Kaf-fee zu bereiten. ›Für besondere Fälle‹ hatte mir neulich mein Oberzahlmeister ein kleines Quantum verschrieben; dies heute, dachte ich, sei ein besonderer Fall. Heißes Wasser ist bald beschafft, in der Küche wirken noch zwei Ukrainerin-nen, sie sind verständig und gefällig, und mit den freundlich-sten »dobre vetsche« und »spassivo« gehen wir auseinander.

Ich hatte mich gerade nur erst wieder gesetzt, als es klopfte. Der Balinger trat ein. »Herr Pfarrer, so leid es mir tut, aber ich muß hier noch einen Schlafgast unterbringen. Es handelt sich um einen Hauptmann, der morgen früh von hier aus zur Ostfront weiter fliegen muß.«

»Bitte sehr«, konnte ich gerade noch sagen, da stand auch schon der Angekündigte in der Tür.

»Brentano«, sagte er und grüßte; ich nannte meinen Namen und gab ihm die Hand. Er wandte sich, nicht ohne gleichzeitig eine ganz leichte, verbindliche Bewegung zu mir her zu machen, an den Gefreiten und sagte:

»Klopfen Sie mir bitte morgen früh sechs Uhr dreißig.«

»Jawohl, Herr Hauptmann, sechs Uhr dreißig klopfen.«

»Wann gibt es bei Ihnen unten Kaffee zu trinken?«

»Von viertel vor sieben an, Herr Hauptmann.«

»Sehr schön. Dann reicht es ja gerade noch. Ich danke.«

Der Gefreite, jetzt militärisch korrekt vom Scheitel bis zur Sohle, grüßte und trat ab. Ich hatte während des winzigen Zwiegesprächs auf nichts so acht gegeben wie auf die Stimme dieses jungen Offiziers, und wieder ging es mir so, wie vor einer Stunde, als Oberleutnant Ernst neben mir her gegangen war: mit der Stimme schloß ich Freundschaft. Sie war gewöhnt, zu befehlen, diese Stimme, nun freilich, wie sollte sie auch nicht? Aber sie war dabei eine leichte, schwebende Stimme geblieben. Sie legte sich nicht auf den Befehl. Es ist selbstverständlich – schien diese Stimme ausdrücken zu wollen – es ist selbstverständlich, daß man es so macht, wie ich es sage; was verliere ich viele Worte, wir wollen es uns so leicht wie möglich machen. Und hinzu kam: diese Stimme gehörte dem ganzen Mann in Wahrheit zu. Hier wurde sichtbar, daß der gleiche Krieg, dem ich soeben die bösen Namen gegeben hatte – und ich gedachte, keinen davon zurückzunehmen – doch auch dem ritterlichen Glanz Raum gewährte, einem achilleischen Licht. Dies freilich, so wollte mir scheinen, einzig fast unter dem Vorzeichen des Opfers: Hauptmann Brentano kommt nicht zurück.

»Ich muß sehr um Entschuldigung bitten, daß ich störe, Herr Kamerad. Ich störe ungern.«

Ich sah ihn an, und mit einem kam mir zum Bewußtsein, daß ich vorhin den Oberleutnant Ernst überhaupt nicht wirklich zu Gesicht bekommen hatte. Ich würde ihn morgen früh kaum kennen. Da war unser Gang durch die dunkle Stadt gewesen, unser Gespräch, dieses doch nicht alltägliche Gespräch, und alles war geschehen, ohne daß man des anderen Gesicht betrachtet hatte. Gut, daß ich dieses neue Gegenüber wenigstens in Wahrheit zu sehen bekam. Unwillkürlich, vom Namen her dazu angetrieben, suchte man in dem dunkelernsten Jünglingsantlitz nach Zügen von Clemens oder Bettina. Etwas Loderndes war in dem Gesicht, Todesernst und Lebensglanz wunderlich vermengt.

Ich erwiderte: »Das ist doch selbstverständlich, daß Sie hier Unterkunft finden so gut wie ich. Es gibt keine Privilegien. Ich schlage vor, Sie nehmen diese Nische hier. Wir werden dann das Licht ein wenig abschirmen, damit Sie schlafen können. Ich selbst habe nämlich noch einiges Unaufschiebbare zu tun.«

Brentano war ans Fenster getreten und hatte sich, von einer seltsamen Unruhe befallen, an den Verdunkelungsvorhängen zu schaffen gemacht. Nun kam er an meinen Tisch und bemerkte die Akte, die, noch verschnürt, vor mir lag. Sichtbar genug war die römische Drei auf dem Deckblatt angebracht.

»Römisch drei in den Händen eines Geistlichen – das kann nichts Gutes bedeuten«, sagte er nun.

»Es bedeutet genau das, was Sie vermuten.«

»Da« – rief er plötzlich und legte mit einer ungestümen Handbewegung auf mein Konvolut ein Blatt Papier, das er aus dem Waffenrock gezogen hatte. »Todesurteile gefällig? Man kann sich die Schreiberei da ersparen und das auch kürzer sagen –«

Ich entfaltete das Papier. Es war einer von den Marschbefehlen, wie sie zu Tausenden durch alle Hände gingen. Er besagte, daß Hauptmann Brentano von der Einheit – folgte ein Pentagramm – sich unverzüglich – jetzt mit Schreibmaschine eingefügt: auf dem Luftweg – zur Einheit – folgte ein zweites Pentagramm – zu begeben habe. Punkt. Unterschrift. Oberstleutnant und Divisionsadjutant.

»Sie können das auch so lesen: Hauptmann Brentano begibt sich im Flugzeug zur sechsten Armee nach Stalingrad auf Nimmerwiedersehen.« Seine Stimme war klirrend, als sie das sagte. Und kaum anders klang der Zusatz: »Na, keine falsche Übertreibung. Wie stehen die Chancen? Sagen wir: fünfundneunzig zu fünf.«

Er kehrte zum Fenster zurück. Clemens oder Bettina? fragte ich mich von neuem. Nicht auszumachen. Höchstens vielleicht so zu verstehen, wie es das Schicksalslied des Clemens meint: ›Hab die Sehne ich gezogen, du gezielt, so triffts ins Herz.‹ Ich wurde abgelenkt – man kennt das ja, gerade in den erregendsten Augenblicken gibt es das: Brentanos Wolljacke fiel mir auf. Es war nicht die graugrüne Überziehjacke aus Wehrmachtbeständen. Sie war fast weiß, schafwollen, handgestrickt, ein Stück persönlicher Liebe. Ich gedachte der Pflockschafe auf Sylt, ihres warmen, schweigenden Lebens.

»Ich muß Ihnen etwas sagen, Herr Kamerad«, fing nun die Stimme von neuem an, und jetzt war nichts Klirrendes mehr in ihr. »Ich konnte nicht wissen, wen ich in dieser Nacht hier treffen würde. Oder vielmehr: ich mußte hoffen, ein Zimmer für mich zu finden. Ich fand es nicht. Nun habe ich eine Bitte. Ich muß eine Bitte aussprechen. Ich muß sagen, daß es mir einem Geistlichen gegenüber nicht ganz leicht fällt, diese Bitte auszusprechen. Ich muß sie aussprechen. Und ich will sagen, daß es mir Ihnen gegenüber, so wie ich Sie da sehe, auch wieder nicht sehr schwer wird – mit zwei Worten gesagt: meine Verlobte, Schwester Melanie, ist unten. Sie ist von ihrem Lazarett Bjala-Zerkow hergefahren, ich konnte sie durch ein Fernschreiben davon verständigen, daß ich für knapp zwölf Stunden hier sein werde. Ich fliege morgen früh nach Stalingrad. Wir haben in dieser unruhigen Nacht keine Bleibe, wenn nicht hier. Und die hier haben wir nur dann, wenn Sie einverstanden sind, wenn Sie uns decken. Ich weiß, ich belaste Sie, Herr Kamerad, es ist –«

»Um mich geht es gar nicht«, gab ich zur Antwort. »Natürlich müssen Sie hier beisammen sein können. Nur ich, ja, ich bin betrübt, daß ich jetzt nicht gehen und Sie beide, wie es nötig und richtig wäre, allein lassen kann. Ich kann es nicht. Diese Akte, Herr Brentano, muß gelesen werden. Jetzt auf der Stelle. Der Mann, von dem sie handelt, liegt morgen früh um sechs Uhr in seinem kümmerlichen Sarg. Vorher aber muß ich noch mit ihm sprechen. Sub specie aeternitatis, Sie verstehen. Es ist ein eigenartiges Zusammentreffen, aber hier ist wirklich so wenig Aufschub möglich wie bei Ihnen. Was aber Sie beide angeht, so lassen Sie mich sagen: ich bin da, als wäre ich nicht da.«

Brentano ging auf mich zu und gab mir die Hand. Wortlos. Aber jeder von uns beiden empfand, daß es Jahre des Anstiegs bedurfte, um diesen Augenblick auf dem Gipfel zu bestehen. Und daß es Jahre lohnte, um diesen Augenblick zu gewinnen.

»Schwester Melanie steht im Sturm.« Ich war es, der zuerst das Schweigen brach.

Darauf Brentano: »Ja, gleich. Nur noch dies. Ich stamme aus einem Haus, in dem man schwer lebt. Oder: in dem man es sich nicht leicht macht. Mein Vater hat mich in diesen Krieg entlassen mit dem Wort des alten Claudius: ›Tue keinem Mädchen etwas zuleide und denke, daß deine Mutter auch ein Mädchen gewesen ist.‹ Ich habe viel an dieses Wort gedacht und nicht nur gedacht. Aber jetzt –«

»Jetzt, Herr Brentano, nein, jetzt müssen Sie die Schwester holen und ihr sagen, daß sie sich nicht fürchten soll.«

Er ging. Ich löste die Bänder von der Akte Baranowski und schlug auf. Aber ich vermochte fürs erste nichts zu erkennen als Stempel und Vermerke, Unterschriften und Zahlenreihen. Die Gedanken irrten ab. Ich sollte vielleicht den Liebenden behilflich sein. Es herrschte zwar seit kurzem Ruhe im Haus, aber ganz sicher konnte man doch nicht sein, daß nicht auf der Treppe oder im Gang ein mißtrauisch prüfender Blick ihnen begegnen würde. Ich ging hinunter und öffnete die Hintertüre; den Platz, an dem der Schlüssel hing, hatte ich Brentano vorsorglich beschrieben. Da kam vom Hof her der

Hauptmann, ihm folgte, festen Schritts eine große, in ein Regencape gehüllte Gestalt. Wir nahmen die Verhüllte in die Mitte und gingen ohne falsche Hast die Treppe hinauf, ich tauschte sogar mit Brentano ein leises, belangloses Wort. Niemand sah uns. Ich meinte zwar, noch während wir den Korridor entlanggingen, einen leisen Schritt zu hören, aber da waren wir schon an der Schwelle unsres Zimmers. Wir traten ein, ich schloß die Türe und schob den Riegel vor. Die Gestalt, noch immer in ihrer Vermummung, hielt sich einen Augenblick am Tisch fest, wie als müßte sie sich überzeugen, daß die Wirklichkeiten da sind: Stuhl, Tisch, der Geliebte. Dann legte sie die Verhüllung ab und wandte sich mir zur Begrüßung zu. Sie strahlte. Aber das sagt nichts, wenn ich schreibe: sie strahlte. Ich müßte schreiben: der ganze Mensch war zusammengefaßt in diesem einem, in diesem Strahlen. Befangenheit, Scheu, Sorge, Bangnis, das Wissen um Abschied und Tod –: so groß kann das Strahlen in einem Angesicht sein, daß es dies alles aufnimmt, löst und verwandelt.

»Eigentlich wie aus Mozarts Figaro«, sagte ich, während ich den Mummenschanz-Mantel an einen Nagel hängte, und fügte nur halb einschränkend hinzu: »wenn es nicht so ernst wäre.« Natürlich war das falsch ausgedrückt; aber es gibt Augenblicke, in denen auch aus einem ungenauen Wort nur das zum Klingen kommt, was dann doch richtig ist: die Anrufung nämlich jener herrlichen Musik mitten in dieser Nacht. Melanie lachte, und auch Brentano stand mitten im Lachen Cherubinos. Im Lachen Cherubinos? Cherubino lacht nicht, aber er singt. Mozart singt im Angesicht der Abgründe, im Vorgefühl des Todes.

»Ich habe noch eine Tasse guten Kaffee, nur keinen Becher.«

»Ich habe eine Feldflasche mit schwarzem Tee.« Es war das erste Wort, das ich von Schwester Melanie hörte. Und ich dachte, wie gut diese Stimme sagen könnte, drüben an den Betten von Bjala-Zerkow: ›Schlafen Sie wohl.‹

»Und ich habe Wein«, ließ sich Brentano vernehmen.

»Das gibt ja das reinste Gelage«, gab Melanie zurück. Sie hatte einen Stuhl hergezogen, ihren Brotbeutel geöffnet, Keks, Weißbrot und Honig herausgenommen, nun begann sie uns vorzulegen. »Darf ich?« Wir sprachen nicht. Das Gespräch verstummt auf den Gipfeln und in den Schluchten, und wie weit die beiden voneinander sind, das weiß keiner als Gott allein. Gott und die Liebenden. So also ist das, denkt Brentano. Und Melanie: so also hätte das sein können, ein ganzes Leben lang. Und beide: aber es war doch einmal. Ein paarmal. Und zuletzt noch einmal in Proskurow in der Nacht. Und dann: es ist noch immer.

»Wie machen wir das mit dem Licht, Brentano?« fragte ich, als Schwester Melanie aufstand und die Dosen wieder verstaute; den ›Herrn‹ in der Anrede hatten wir wechselseitig stillschweigend fallen lassen, und wäre noch eine halbe Stunde unser gewesen, so hätten wir uns wohl ›Du‹ gesagt, alle drei: so stark war die Verzauberung dieser Nachtstunde und dieses Mahls. »Wir müssen da jetzt ein Appartement schaffen, Schwester Melanie. Etwas bescheidene Mittel, muß man sagen. Im Ritz hätten Sie's besser.«

Vielleicht ist das ein Gesetz, daß dort, wo es wirklich schwer ist, nur noch der leichte Ton hinfindet. Es war nicht vorgesehen in den Plänen der Liebenden, daß es so gehen würde; daß man drei Schritte nur von einem Unbekannten entfernt und durch keine Tür von ihm getrennt seinen Abschied halten müßte, Hochzeit und fast schon Tod.

Aber nun waren wir, die eben noch aus einem Becher getrunken hatten, unversehens auseinandergeführt. Die beiden hatten das ihre zu tun, ich das meine. Und es erwies sich, daß dieses meine, das Studium der Akte Baranowski nämlich, nicht weniger einen Menschen umfassen konnte, als nur je Liebesarme dergleichen vermögen.

7

Man hatte Blatt auf Blatt geschichtet, und es ging an sich durchaus mit rechten Dingen zu, wenn nun in der Akte zuoberst das Schlußwort lag, die Ablehnung des Gnadengesuchs, mit ihr verbunden die Anordnung, das Urteil zu vollstrecken. Aber für den Blick des einsam-nächtlichen Lesers war diese Reihenfolge der Dokumente doch tief erschreckend: so also, sagte man sich, so sieht ein Leben von rückwärts gelesen aus, und nur die ewige Weisheit selbst dürfte so lesen. Ich begann zu blättern. Hier das Gnadengesuch des Häftlings, darunter der Vermerk: ›Ohne Stellungnahme vorgelegt.‹ Ja, das war dieser Kriegsgerichtsrat: ›Ohne Stellungnahme vorgelegt.‹ Nicht ja und nicht nein. In seines Herzens Grund hätte er wohl lieber ›nein‹ gesagt, aber zu diesem ›nein‹ war er dann wieder nicht entschlossen genug. Das nächste Blatt war eine Abschrift des Todesurteils: – verhängt wegen Fahnenflucht in Tateinheit mit dem Verrat militärischer Geheimnisse. Dann die Prozeßakte selbst, ein ziemlich umfangreiches Bündel. Ich suchte Namen, Einzelheiten, Handschriften zu Gesicht zu bekommen, las: ›Die Briefe des B.‹, ›Zahlmeister Schildt‹, ›Die Ljuba‹ . . . Und hier, was ist das? Ein Urteil? Noch ein Urteil: ›wird zu drei Jahren Zuchthaus verurteilt.‹ Nun verstehe ich aber gar nichts mehr. Dann ist also offenbar dieses Verfahren, das ihn jetzt das Leben kostet, bereits das zweite?

Ich muß das chronologisch richtig legen. Ich bin ja nicht die ewige Weisheit, die rückwärts lesen darf.

Hier der Tatbestand.

Fedor Baranowski, geboren am 19. November 1920 in Küstrin als uneheliches Kind einer Kontoristin. Der Vater ein verheirateter, polnisch sprechender Schreiner deutscher Staatsangehörigkeit. Von ihm fehlt jede Notiz, es gibt weder eine Anerkennung der Vaterschaft noch Beurkundungen einer Unterhaltspflicht. Aber auch die Mutter, die sich bald nach der Geburt dieses Kindes mit einem Textilhändler namens Hoffmann verheiratet hat, hielt zu ihrem Kind nur eine ganz lose Verbindung aufrecht. Fedor kam in eine Gärtnerei, dann zu einem Altwarenhändler nach Danzig, dann wieder zurück nach Küstrin. Von regelmäßigem Schulbesuch scheint keine Rede gewesen zu sein, auch von Berufsausbildung war nichts zu erfahren. Bei Kriegsausbruch wird Baranowski Soldat. Zu denken, daß ihm in irgendeiner Kaserne zum erstenmal im Leben das zuteil wird, was für andere zur Kindheit gehört: ein geordneter Mittags- und Abendtisch, ein eigenes Bett, regelmäßige Nachtruhe. Die Kaserne als Heimat. Wie sehr das in diesem Falle galt, mit allen Konsequenzen, macht eine Bemerkung deutlich, die sich in einer – übrigens ausgesprochen günstigen – Beurteilung findet: ›erhielt nie Post und keine Weihnachtsgeschenke.‹ (Ein anscheinend besonders schneidiger Regimentskommandeur, der diesen Bericht seines Kompaniechefs vorzulegen hatte, sah sich veranlaßt, an dieser Stelle an den Rand zu schreiben: Berichte sind keine Gedichte.) Nicht weniger nachdenklich aber stimmt die Notiz: ›geht nie zu Mädchen.‹ Sie steht im Zeugnis des Truppenführers aus der Heimat. ›B.‹ – heißt es dort – ›ein stiller, ordentlicher Soldat, der nirgends besonders hervortritt. Lebt mäßig, keine auffallenden Interessen, geht nie zu Mädchen.‹ Es folgen Berichte über den Fronteinsatz, über zweimalige Verwundung, Verleihung des Eisernen Kreuzes zweiter Klasse, Beförderung zum Gefreiten und zum Obergefreiten; nach der zweiten Verwundung, einem Schuß durch die Kniescheibe, kommt die Versetzung ins rückwärtige Heeresgebiet, der Einsatz in einer Bautruppe. Dort wird Baranowski mit Rücksicht auf seine Gesundheit in der Küche beschäftigt, und hier werden zum erstenmal die polnischen und russischen Sprachkenntnisse erwähnt. Woher diese Sprachkenntnisse stammen, ist nicht ganz aufgehellt, vermutlich aus Baranowskis Danziger Kinderjahren. Jedenfalls sind sie der Grund dafür, daß Baranowski vom Zahlmeister seiner neuen Einheit dann und wann zu Einkäufen in die Umgebung geschickt wird. Die Truppe selbst, die einen, wie es scheint, besonders geheimen Bauauftrag durchzuführen hatte, war um der Geheimhaltung willen sehr streng von der

Zivilbevölkerung geschieden. Nirgends waren, wie sonst üblich, Ukrainer und Ukrainerinnen mit eingesetzt, es gab besondere Sperrkreise und Ausgehverbote. Baranowski aber, der Sprachkundige, geht in die Dörfer als Eier- und Gemüseeinkäufer.

Nun Ljuba. Wenig genug war in Erfahrung zu bringen über die Ukrainerin, die so tief mit ins Netz verstrickt ist. Man wird sich den Vorgang etwa folgendermaßen zu denken haben: Baranowski lernt in einem von diesen Dörfern die Ljuba kennen, eine wahrscheinlich ganz junge, ukrainische Witwe, deren Mann in den Julikämpfen gefallen war, Mutter eines Kindes, das zu dieser Zeit etwa zwei Jahre alt gewesen sein muß. Es gibt Gründe für die Vermutung, daß es zunächst mehr dieses Kind gewesen ist, das in Baranowskis Soldatendasein eine besondere Bedeutung gewann. Der Gruß eines Kindes, die Quelle in der Wüste: man versteht, daß er festhalten wollte, was ihm da das Leben bereitete. Nun hing es mit den Bauarbeiten der Truppe zusammen, daß der Standort mehr als einmal wechselte. Von diesen Verlegungen pflegte Baranowski die Ljuba zu unterrichten, vielleicht hatten auch Zusammenkünfte am dritten Ort stattgefunden, genug: es gab Briefe, und die Briefe wurden ihm zum Verhängnis. Bei einer Razzia der SS fielen eine Anzahl dieser kleinen Briefe dem Suchkommando in die Hand, und unseligerweise war ein Teil dieser Briefe auf die leere Rückseite von Verpflegungsformularen geschrieben. Jede Truppeneinheit führte solche Blocks mit sich, gut möglich, daß sie Baranowski weitgehend überantwortet waren, genug: das Kriegsgericht hatte leichtes Spiel, der Schreiber war bald festgestellt, und Ausflüchte gab es nicht. Die Mitteilungen waren an sich völlig harmlos, immerhin hatten sie die Standorte einer Wehrmachteinheit zur Kenntnis der Ukrainer gebracht; das Partisanenwesen war auch in diesem Abschnitt eine ständige Bedrohung – kurz: die Anklage lautete auf ›Verrat militärischer Geheimnisse‹, der Strafantrag auf fünf Jahre Zuchthaus, die Strafe selbst fiel etwas milder aus; die Bemühungen einiger Dienststellen, dem Obergefreiten Baranowski zu helfen, waren offenkundig, im Grunde freilich war ihm, so wie die Gesetze formuliert waren, auf keine Weise zu helfen.

In Rowno hatte die Hauptverhandlung stattgefunden, in Dubno befand sich zu jener Zeit das größte Wehrmachtgefängnis. Dorthin sollte der Verurteilte gebracht werden, um von dort aus wahrscheinlich in eine Strafkompanie oder ein sogenanntes Bewährungsbataillon zu kommen. Die Strafe selbst durfte nach Hitlers Anordnungen erst ›nach Kriegsende‹ verbüßt werden; aber wer in einer Strafkompanie das Kriegsende erleben wollte, der mußte schon einen sonderlichen Engel zur Seite haben ... Auf der Fahrt nach Dubno gelang es dem Häftling, aus dem fahrenden Zug zu springen. Er blieb, ein wahres Wunder, fast unverletzt und war dann, dank seiner Sprachkenntnisse und bald genug wohl auch mit Hilfe einiger Verkleidung im ukrainischen Zivilleben untergetaucht. Man fahndete nach ihm, aber er blieb verschwunden.

Drei Wochen später ereignete sich Folgendes: ein Waldstück, in dem Partisanengruppen sich aufhalten sollten, wurde durchgekämmt und mit zahlreichen anderen Männern, Frauen und Kindern, die da im Wald gelebt hatten, wurde auch Baranowski gestellt. Man trieb sie zusammen, und der Zufall wollte es, daß gerade in dem Dorf, in dem man sie zum Verhör sammelte, Baranowskis ehemalige Truppe im Augenblick stationiert war. Die Partisanen standen mit erhobenen Händen auf einem Platz, man suchte eben nach einem Dolmetscher, um mit dem Verhör zu beginnen, da ging ein Feldwebel von Baranowskis Einheit eilig vorüber, warf einen flüchtigen Blick auf die Zivilisten, stutzte, trat näher, erkannte seinen ehemaligen Küchenchef und rief in lauter Überraschung: »Mensch, Baranowski, was tun Sie denn hier?«

Dies war das Ende. Was mit den Zusammengetriebenen (unter denen sich übrigens Ljuba und ihr Kind nicht befanden) an diesem Tage geschah, ist nicht bekannt geworden; Baranowski selbst aber wurde auf der Stelle verhaftet und in Fesseln nach Proskurow gebracht. Hier fand dann am

5. September die zweite Verhandlung statt. Sie schien sehr kurz gewesen zu sein. Die Frage, ob zu allem anderen hin auch noch auf Feindbegünstigung Anklage erhoben werden solle, wurde kaum geprüft, der Tatbestand der Fahnenflucht war so eindeutig, daß nicht einmal der Offizialverteidiger den Versuch unternehmen mochte, auf ›unerlaubte Entfernung von der Truppe‹ zu plädieren.

Ich schloß die Akten und dachte nach. So also schreibt sich die äußere Geschichte eines solchen Lebens. Wie aber sieht die innere Geschichte aus?

Es ist kein Zweifel, dies ist die Geschichte von einem, der nicht genug geliebt worden ist. Von einem, dem das Leben auch noch jenen untersten Wärmegrad vorenthalten hat, den, der unerläßlich ist, wenn überhaupt ein natürliches Wachstum zustande kommen soll. Nie Post. Nichts zu Weihnachten. Und dann Ljuba und dieses Kind. Nicht irgendein ukrainisches Mädchen, sondern diese Mutter. ›Geht nie zu Mädchen‹, hatte es geheißen. Aber da war nun diese Frau gekommen. Ljuba, – mochte er denken – die Unseren haben dir den Mann erschossen und deinem Buben den Vater genommen; aber jetzt, gib acht, jetzt bin ich da. Und ich bleibe da.

Ich sah ins Leere. Ich fühlte die Augustwochen, in denen der Junge da im Wald gelebt haben mochte, wahrscheinlich in einer von den Hütten, zusammen mit Ljuba und dem Kind. Ich spürte die trockene Wärme dieses Sommerwalds, ich roch Pilze und Beeren, ich sah ihn selbst, fast schon ein ukrainischer Bauer geworden, durch die Lichtung gehen, früh vor Tag, spät am Abend, Nahrung suchend. Er blickte um sich, wach, sprungbereit immer, immer in Gefahr. Aufatmend dann, wenn sich die kleine Tür wieder geschlossen hatte. Manchmal kamen Männer in die Hütte; was fragte Baranowski danach, ob diese Partisanen waren? Sie saßen eine Stunde am Feuer, brieten Kartoffeln, rauchten Machorka und redeten in einem Dialekt, den der Fremde kaum verstand. Und dann gab es Nächte. Sterne zwischen den Baumkronen, verlöschende Herdglut und das Feuer der Liebe. Angst? Vielleicht auch Angst. Aber da war eine Stimme, die Stimme der Geliebten. Und der Atemzug des Kindes.

Plötzlich drang ein Ruf an mein Ohr. Mein Name wurde gerufen. Wo bin ich denn? Ich war doch eben in der Waldnacht im August, ich hörte doch den Herzschlag des Glücks. Aber nein, das ist ja hier, das ist ja das Wehrmachtheim von Proskurow, und das ist Brentanos Stimme, und jetzt fragt diese Stimme im Flüsterton: »Wie spät ist es denn?«

Ich schaue nach und gebe flüsternd zurück: »Ein Uhr.«

Darauf Schweigen. Dann, nicht für mich bestimmt, aber ich mußte es hören: »Noch sechs Stunden.« Und dann, noch leiser: »Noch sechs Augenblicke.«

Und dann die andere Stimme – (verzeih, daß ich dies höre!): »Noch sechs Jahre.«

Das ist die Süßigkeit der Liebe: ihr wird die Stunde zum Augenblick. Und das ist die Weisheit der Liebe: daß sie der Augenblick ein Jahr dünkt. Sie haben nur diese eine Nacht, die beiden. Aber gemeint ist es doch: für alle Zeit.

Ich rührte mich nicht. Mein Blick fiel noch einmal auf die Akte. Aber nun lese ich keine Akte mehr. Es ist genug. Nun, was über den Akten ist.

Und so las ich denn:

»Denn Er nicht von Herzen die Menschen plagt und betrübt, als wollte er alle die Gefangenen auf Erden gar unter seine Füße zertreten und eines Mannes Recht vor dem Allerhöchsten beugen lassen und eines Menschen Sache verkehren lassen, gleich als sähe es der Herr nicht. Du nahest dich zu mir, wenn ich dich anrufe, und sprichst: Fürchte dich nicht! Du führest, Herr, die Sache meiner Seele –«

Ich sah auf: Schwester Melanie stand vor mir. Sie trug wieder den Mantel, und nur eines war anders als vorhin, aber gerade dieses eine machte sie ganz anders: sie trug die dunklen Haare offen, und war mit einemmal keine Schwester mehr, nur noch Mädchen, nur noch Frau.

»Ein Fensterladen lärmt so«, sagte sie leise, »ob wir ihn nicht festmachen können?«

»Kaum. Es geht ein solcher Sturm, daß alle Mühe umsonst sein wird, aber ich will es versuchen.«

Ich ging zum Fenster und schaute nach. Der Wind fuhr mit schwarzer Feindseligkeit ins Zimmer, ein Glück, daß ich die Akte vorhin schon in Sicherheit gebracht hatte. Auch Melanie trat in die Fensteröffnung; ihr Gesicht, ihr ganzer Mensch war offen und hingehalten ganz. Sie wußte es wohl: so undurchdringlich ist alles, was mir hinfort geschieht. Aber Gewalt des Lebens wird darin sein und also: willkommen!

Ich hatte zur Dämpfung einen Lappen befestigt und schloß das Fenster. Melanie wandte sich um. »Er schläft«, sagte sie mit einer Bewegung zur Nische hin, und ich dachte, nun darf sie auch dieses noch haben, sie darf den Schlaf des liebsten Menschen bewachen.

»Sie sollten auch noch eine kleine Weile schlafen, Schwester Melanie.«

»Ach, dazu ist dann den ganzen Winter Zeit.«

»Ich lösche jetzt noch für eine Stunde das Licht.«

Sie gab mir, wie zum Abschied, die Hand. Wortlos auch sie. Und wandte sich ab. Ich sollte wohl die Tränen nicht sehen, die nun doch hervorstürzen wollten.

Auf dem Stuhl steht die Kerze, daneben liegt die Uhr. Ganz dunkel zu machen, wage ich nicht. Ich darf nicht einschlafen. Sie dürfen alle nicht einschlafen, die Menschen in dieser Zeit. Das ist der Krieg, Hitlers Krieg. Das ist's, was sie ihm noch in die Hölle nachrufen sollen, in die er niederfährt: du hast uns um den Schlaf gebracht, uns und unsre Kinder. Ich gedachte der Brüder, der Freunde, der liebsten Menschen, aller der Horchenden in dieser Nacht, aller, denen die Müdigkeit auf den Augenlidern lastet und die doch nicht schlafen dürfen. Abschiednehmende übermannt es zuweilen, so daß einer von ihnen schläft, tief, tief gestillt. Und auch Baranowski wird schlafen, denk ich, und wird ohne Argwohn sein. Sturm, großer Sturm der Nacht, wütender Lärmer, Fensterrüttler, mir magst du toben. Aber die Todgeweihten, wecke sie nicht!

Und nun ist es halb vier. Ich presse den nassen Schwamm auf Augen und Stirn, um den Schlaf zu vertreiben. Alles Notwendige ist bereit. Da die Akte noch. Indem ich sie verschnüre, weiß ich plötzlich, wie man dergleichen weiß: ich war ihr letzter Leser auf dieser Welt. Wenn in zwei Stunden die Schüsse gefallen sind, dann frägt keine Menschenseele mehr nach der Sache dieses Mannes. Aber was in den Klageliedern des Jeremia geschrieben steht, das gilt: ›Du führest, Herr, die Sache meiner Seele.‹

Ich stieg leise die Treppe hinab. Und so ungeheuer war nun die Gewalt des Sturms geworden, daß ich die Haustür fast nicht zu öffnen vermochte. Straßenzug um Straßenzug arbeitete ich mich voran, wie als müßte ich diese Stadt einem verbissenen Verteidiger entreißen.

8

»Parole?«

»Odessa.«

Der Schließerposten öffnete. In der Wachstube stand Oberfeldwebel Mascher im Dienstanzug und grüßte straff. Es war alles anders als am Abend zuvor. Im Ofen war das Feuer neu angezündet, aber wir fröstelten. Wie auch nicht? In Todesnähe fröstelt das Leben. Als ich trotzdem Anstalten machte, den Mantel auszuziehen, sagte Mascher: »Es ist kalt drüben.«

»Tut nichts. Wenn ich im Mantel hinüberkäme, das sähe so aus, als wollte ich nur so auf einen Sprung hereinschauen.«

»Dann gehen wir.«

»Würden Herr Kriegspfarrer es ihm sagen?« fragte mich der Oberfeldwebel, während wir den Gang entlang liefen. Zu beiden Seiten lagen die Zellen. Er fragte flüsternd, denn es sollte alles in der Stille vor sich gehen, die anderen Gefangenen brauchen nicht inne zu werden, was geschieht. Sie w e r - d e n es inne, das ist gewiß. Nicht erst morgen früh, wenn Baranowski bei der Arbeit fehlt. (Falls er überhaupt noch bei der Arbeit war, vielleicht hatten sie ihn auch ständig in der Zelle gehalten.) Nein, sie werden es inne, jetzt in der Nacht. Der Tod, dieser gewaltsame Tod, der ist wie ein Fieber und fährt durch Ritzen und Träume.

»Würden Herr Kriegspfarrer es ihm sagen?«

Ich war dazu nicht verpflichtet. Es ist Sache des Militärs, die reine Mitteilung zu machen. Aber mußte man nicht die Scheu dieses Kriegers, jedes Zögern, jede menschliche Regung ehren?

»Gut, ich werde es tun.« (Und dachte: wie nur, wie?)

Der Schließer öffnete und trat dann zurück.

»Ich gehe einmal voraus«, sagte der Oberfeldwebel.

Die Taschenlampe blitzte auf, man sah den Schlafenden, nur einen Haarschopf sah man, die Zelle war kalt, er hatte sich ganz eingerollt in die Decken, Kreatur, wärmesuchende Kreatur. Er regte sich nicht.

Der Feldwebel rüttelte ihn. »Stehen Sie auf, Baranowski.« Das war fast gutmütig gesagt, in den Kasernen hatte das anders geklungen.

Baranowski fuhr auf, seine Hand fuchtelte einen Augenblick lang auf die Taschenlampe zu, dann erkannte er den Feldwebel. Gehorsam gewöhnt, sprang er sogleich mit beiden Füßen aus den Decken heraus. Ich stand unter der Türe, er konnte mich nicht erkennen.

»Ziehen Sie sich an, Sie bekommen Besuch.«

»Was ist denn? Was soll ich denn?«

»Fragen Sie nicht so viel, machen Sie voran.«

Er griff nach seiner Hose, stieg hinein, und wandte sich dann ab. »Bitte einen Augenblick allein –«

Der Feldwebel gab mir einen Wink mit den Augen, ich trat noch einmal in den Gang hinaus, wo der Schließer stand. Baranowski wandte sich zum Eimer.

Man ist an einem solchen Morgen sehr wach und empfindet überwach, aber zuweilen genügt ja wirklich ein Spalt, um des Abgrunds ganze Tiefe zu erkennen. So traf mich dieses hingestammelte »Bitte einen Augenblick allein –« wie der Urlaut des Geschöpfs in seiner Scham und seinem Preisgegebensein.

»Los«, hörte ich jetzt den Feldwebel sagen, »machen Sie die Decken zurecht.« Dann trat er einen Schritt zur Tür her und rief mich. »Bitte, Herr Pfarrer.«

Die Tür schloß sich hinter mir. Baranowski sah mich starr und ungläubig an, er vergaß die Ehrenbezeigung.

»Sie können sich nicht denken, warum ich zu so früher Stunde noch einmal komme?«

»Ist es wegen des Todesurteils?«

»Ja.«

»Ist mein Gnadengesuch abgelehnt worden.«

»Ja.«

»Und wann komme ich dran?«

»Heute.«

»Heute .... wann?«

»In einer Stunde.«

»Und wo?«

»Hier, vor der Stadt draußen.«

»Werde ich geköpft?«

»Aber nein, Sie sind doch Soldat, Baranowski.«

»Also eine Kugel.«

»Ja.«

»Herr Gott ... und das Gnadengesuch ist abgelehnt worden.«

Pause. Ich setzte mich auf den Stuhl in der Zelle, den einzigen Stuhl, und rückte den Tisch so, daß auch Baranowski an ihm sitzen kann, wenn er auf seiner Pritsche Platz nimmt. Die Kerze erhellt nur eben gerade den kleinsten Kreis. Ich öffne mein Zigarettenetui, biete Baranowski an und nehme selbst. Ich gebe ihm die Kerze als Feueranzünder. Eine vorzügliche Einrichtung, das Rauchen. Es geschieht etwas dort, wo es unerträglich sein würde, wenn nichts geschähe.

»Nur weil man auch einmal ein paar Wochen lang ein Mensch sein wollte, muß man jetzt dran glauben.«

Das war das Stichwort. Mehr: das Thema. War Über- und Unterschrift.

»Ich habe nichts Schlechtes getan, Herr Pastor.«

Dann, nach einem langen Zug an der Zigarette: »Aber ich lasse mich nicht in eine Strafkompanie sperren.« Es klang, wie wenn er nicht gehört hätte, daß er in einer Stunde allen Kompanien dieser Welt entronnen sein wird.

»Da waren zwei in unsrer Einheit, die haben von der Strafkompanie erzählt. So'n Stückchen Brot und Kohlsuppe,

Arbeit von halb fünf in der Frühe bis abends um sieben, und bei dem einen Wachtmeister immer im Laufschritt. Da sollen sie einen doch gleich fertig machen.«

Er übertrieb nicht. Ich hatte genug Berichte gesammelt, um zu wissen, was Strafkompanie im Jahr neunzehnhundertzweiundvierzig bedeuten konnte. So war es also: die Angst vor dem langsamen Tod hat ihn hierher gebracht, stracks in den schnellen Tod hinein, fünf Uhr fünfundvierzig bei der Kiesgrube. Und da sitze ich nun und soll die letzte Stunde mit ihm teilen, soll dieses letzte Gespräch mit ihm führen. Es war ein Gespräch an der Grenze, und ich trug die Verantwortung dafür, daß es ein richtiges Gespräch wurde. Ich mußte ihm die Freiheit lassen, alles zu sagen, was er wollte, und mußte doch auch wieder das Gespräch in der Hand behalten. Es ging ja um beides: um den Tod und um die Ewigkeit. Tod ist Freiheit, aber Ewigkeit ist Bindung; der Abschied ist ein Schmerz, aber die Ankunft ist das Glück.

Was ist das für ein Ding, dies vor sich zu haben wie eine Aufgabe – wie als ginge es um die Aufführung einer Sarabande im geistlichen Stil. Es geht um das Wort, um das verantwortlich gesprochene Menschenwort, und zugleich freilich wieder um mehr als dieses Menschenwort. Klaus, der frater catholicus, gibt Absolution, Hostie und Chrisma; er übt eine Zeichensprache, die gleichsam nicht verstanden werden muß und doch verstanden wird. Aber ich, hier und heute? Drüben in meinem eigenen Bereich, da kenne ich die Todeskandidaten im Gefängnis nicht weniger gut als die Moribunden im Lazarett, ja häufig viel besser. Wir haben ein breites Stück Boden unter den Füßen und müssen, wenn es aufs Letzte geht, nicht erst mit allem beginnen. Hier müssen wir beginnen, ganz von vorn. Denn streng genommen darf ich nicht einmal wissen, was ich aus den Akten weiß. Aha, würde es sonst heißen können, der Pfaffe hat spioniert, nun kommt er und will mir eine verpassen. Dankeschön. Keinen Bedarf für Erzeugnisse aus dem heiligen Ramschladen.

»Wir haben noch eine Stunde Zeit miteinander, Kamerad, und es käme darauf an, daß wir die nützen.« Ist das ein Anfang? Es ist mehr zu mir selber gesagt.

»Könnte ich Ihnen noch einen Wunsch erfüllen? Vielleicht schreiben wir miteinander an jemand, der Ihnen lieb ist und den Sie grüßen möchten.«

Die Antwort kam nicht gleich. Dann hieß es: »Nein, danke, es ist niemand da.«

Jetzt: Wahrheit. Kein Schleichen mehr, keine Winkelzüge.

»Ich habe teilweise in den Gerichtsakten gelesen, Baranowski; ich mußte das ja wohl tun.«

»Ja. Dann wissen Sie ja Bescheid.«

»Schon. Aber bei solchen Akten weiß man ja nie, ob sie ein richtiges Bild geben.«

»Na, ist ja auch egal, jetzt –«

»Freilich. Ich frage nur: möchten Sie nicht – der Ljuba noch ein Wort schreiben?«

Baranowski schaute auf. Der Name Ljuba hier – in dieser Zelle. Aber gleich irrte der Blick wieder zur Seite, zuletzt heftete er sich an die Kerzenflamme: »Es hat ja keinen Sinn, daß ich schreibe. Der Brief kommt nicht an.«

»Doch.«

»Wie?«

»Ich werde dafür sorgen.«

»Sie?«

»Ja.«

(Es ist verboten. Natürlich ist es verboten. Es ist überhaupt verboten, ein Mensch zu sein. Aber es ist der Wille eines Sterbenden, ein Testament. Hol der Teufel diesen Krieg und seine Befehle.)

»Haben wir noch Zeit?«

»Ja, gut Zeit.«

»Haben Sie Schreibpapier bei sich, Herr Pastor?«

»Hier.«

Er nimmt den Bogen und legt ihn zurecht. Plötzlich schüttelt es ihn in einem wilden Krampf. Es geht nicht.

»Soll ich für Sie schreiben?«

»Wenn Sie so gut sein wollen. Können Sie russisch?«

»Nein. Das heißt die Buchstaben, die cyrillische Schrift, die kann ich schon. Sie müssen mir eben langsam diktieren.«

»Dann wissen Sie aber nicht, was ich schreibe.«

»Das geht ja auch nur euch beide an.«

Er diktiert und ich schreibe. Mitunter verstehe ich ein Wort. Es sind Menschenworte. Es ist kein Verrat militärischer Geheimnisse.

»So. Den Namen müssen Sie selber schreiben, sonst glaubt Ljuba gar nicht, daß es Ihr Brief ist.« Er schreibt. Die Hand jagt auf und ab, aber zuletzt wird es doch eine Unterschrift.

Ich notiere den Namen des Dorfs, und er beschreibt mir das Haus, der Brief kommt in das innere Fach der Brieftasche. Gut.

»Soll ich nun nicht doch Pastor Lilienthal sagen, daß wir uns hier begegnet sind?«

»Sie können ihn ja grüßen. Aber ich glaube nicht, daß Sie ihm eine große Freude damit machen.«

»Wissen Sie eigentlich noch Ihren Einsegnungsspruch, den Ihnen Pastor Lilienthal gegeben hat?«

»Nein, den weiß ich nicht mehr.«

»Auch nicht wenigstens ungefähr? Wenn Sie etwas daraus wüßten, brächten wir ihn vielleicht zusammen.«

»Warten Sie . . . es kam etwas vom Trinken darin vor.«

»Dann war es wohl: wen da dürstet, der komme zu mir und trinke.«

»Ja, so kann er geheißen haben. Ich muß sagen, ich hab mich nämlich nicht viel um Religion und Kirche und all so was gekümmert. Aber 'n bißchen was von 'n Gebet hab ich immer noch gewußt. Und jetzt die letzten Tage, da hab' ich manchmal gedacht, wie das so ist, daß das alles nun so vorbeigegangen ist, und daß es nun nicht mehr noch mal von vorne angeht, und man es auch gar nicht mehr anders machen kann. Na, das gehört nun nicht hierher.«

Er sprach auf einmal fast ohne Stockung, war auch aus dem lichtlosen militärischen Schriftdeutsch in einen Anklang von pommerscher Mundart zurückgefallen, nun plötzlich wieder ein Junge. Eine schlimme Falte über der Nasenwurzel war wie weggewischt, und in die erstarrten Augen war Leben gekommen, Leben und Angst.

»Doch«, sagte ich, »das gehört ganz hierher.«

Und was sollte ich ihm nun noch sagen. Daß die ewige Liebe den nicht abweist, den die Welt ausstößt. Daß wir alle uns Unzähliges schuldig bleiben, daß aber der heilige Friede schon beschlossene Sache ist. Und wen die Tische des Lebens nicht einladen, dem ist doch der letzte Tisch gedeckt.

Die Zigarettenasche ist weggeräumt, ich habe das weiße Tuch gebreitet, das Kreuz darauf gestellt, den Hostienteller und den Kelch. Ich spreche die Worte der Beichte und den Zuspruch der Absolution. So wie drüben in meinem Dorf zur österlichen Zeit, wie im Lazarett an den Sterbebetten. Beim Vaterunser betet er langsam und unsicher mit. Aber nun stehen die Worte doch da, große Wächter von Ewigkeit. Keine Verstörung dringt herein. Und selbst als plötzlich irgendwo eine Uhr fünf mal schlägt, und ich denke: sechs Uhr hört er nicht mehr schlagen – selbst da weicht die Geborgenheit nicht von uns.

Die Feier ist zu Ende. Wir setzen uns noch einmal.

Baranowski fragt: »Haben wir immer noch Zeit?«

»Ja, wofür?«

»Ich könnte, weil Sie das von dem Frieden gesagt haben – doch noch schreiben.«

»An wen?« (Ich ahne, an wen er jetzt schreiben wird.)

»An – die Frau Hoffmann.«

»Ja. Schreiben wir.«

Ich schreibe, er diktiert. »Teile Dir mit« – nein: »muß Dir leider mitteilen, daß ich heute früh erschossen werde. Der Herr Pastor ist bei mir. Er wird Dir das Nähere schreiben. Danke für Deine Mühe, die Du Dir gemacht hast. Es ist mir leid, daß es so gekommen ist. Denke manchmal an Deinen Sohn –«

Noch eine Unterschrift. Fedor.

»Und eine Anrede, Kamerad? Ein Brief sollte doch eine Anrede haben.«

Er zögert. Dann schreibt er: Liebe Mutter.

(Und nun kein Wort darüber, was für eine Sache das ist, dieses: Liebe Mutter.)

»Jetzt sei ganz still. Ich werde mitgehen und bis zuletzt dabei bleiben.«

»Bis zuletzt«, wiederholt er. »Wird es schnell gehen? Werden sie gleich treffen?«

»Sie werden.«

Seine Augen irrten in der Zelle umher. (Jetzt könnte er kommen, der Kriegsgerichtsrat, denke ich.) Dann griff er nach der Brieftasche, in der noch ein paar Dinge sich befanden, die man ihm gelassen hatte; zwei Bilder waren dabei. »Das ist sie«, sagte er. Es war Ljuba. Eine russische Amateuraufnahme, kein Meisterstück. Aber das Gesicht, so viel konnte man erkennen, war von der Art, daß man dies und das dafür wagen mochte. »Sie werden sie ja sehen. Und das ist der Junge. So ein Bursche. Schade.«

Er zerriß die Bilder.

Er war in dem Augenblick, als er die Bilder zerriß, wie einer, der sich unwiderruflich vom lieben, lebendigen Leben trennt. Mit einemmal stand er auf, wandte sich zu mir, legte die Arme auf meine Schultern, dann, schüchtern fast, um den Hals, küßte mich auf den Mund, und sagte: »Ich danke dir, ich danke dir, ich danke dir.«

Nun griff er nach meinen Händen, preßte sie und flüsterte: »Was für gute warme Hände du hast.« Es ist kaum noch der gleiche Mensch, als der er gestern abend in der Schar der anderen gestanden war. Er hatte rasch ein Stück Leben nachgeholt, und diese letzte Stunde war nicht ganz arm gewesen.

»Und der Brief wird besorgt, da sei ganz ruhig!« konnte ich eben noch sagen – da waren Schritte auf dem Gang zu vernehmen. Wir traten eine Armeslänge auseinander; die Erregung des Abschieds, die uns wie zu Brüdern gemacht hatte – das war nicht für fremde Augen bestimmt. Die Tür ging auf, zwei Angehörige der Feldpolizei, Kettenhunde genannt, traten ein, Maschinenpistolen in der Hand; ihnen auf dem Fuß folgte der Kriegsgerichtsrat, im Stahlhelm jetzt auch er. Er begrüßt mich knapp und wendet sich dann Baranowski zu. Der Delinquent steht starr, den Blick ins Leere gewandt, vor seiner Pritsche.

»Fedor Baranowski! Ich habe Ihnen zu eröffnen: der Herr Wehrmachtbefehlshaber Ukraine hat entschieden, wie folgt: Das Gnadengesuch des Baranowski ist abgelehnt. Das Urteil ist zu vollstrecken. Zufolge dieser Entscheidung werden Sie heute erschossen. Bewahren Sie Haltung! Sterben Sie als Soldat!«

Er ging rasch hinaus, Baranowski rührte sich nicht. Die Kettenhunde traten zu ihm und legten ihm nun Handfesseln an. Es geschah schweigend. Einer von den Schließern, ein gutmütiger Junge, wie es schien, kam mit einem Taschenmesser, um, wie es befohlen war, die Schulterklappen, das Hoheitszeichen und auch das Ordensbändchen zu entfernen; die beiden Obergefreitenwinkel waren ihm schon bei seiner Degradierung genommen worden. Das Hoheitszeichen löste sich nicht gleich, ein paar Nähte hielten fest. Niemand hatte jetzt Geduld. Der Gefreite riß ein Stück Stoff mit heraus. »Mensch, passen Sie doch auf!« herrschte ihn einer von den Feldpolizisten an.

»s'isch eh' gleich«, erwiderte der andere, und dieses bayrische »s'isch eh' gleich« klang mild und traurig in die arge Morgenstunde herein.

Sehr anders aber klang die Rede des Feldgendarmen: »Ich mache Sie darauf aufmerksam, daß ich bei dem geringsten Fluchtversuch sofort von der Waffe Gebrauch mache.«

Fedor Baranowski erwiderte nichts. Seine Augen waren noch immer wie abwesend; aber die Starre reichte nicht mehr bis an sein Herz.

9

Letzte Szene im Wachlokal.

»Wohin sollen Ihre Sachen geschickt werden. Haben Sie eine Adresse angegeben?«

Ich erwiderte für ihn: »Ich habe die Adresse.«

»Wollen Sie eine Tasse Kaffee?«

Baranowski nickte: »Ja, bitte!«

Der Oberfeldwebel: »Schließen Sie noch einmal auf.«

Der Feldgendarm: »Ist gegen die Vorschrift.« Nach einem Augenblick des Besinnens: »Na, er wird uns ja keine Zicken machen. Schon mal ausgebüxt, was, Junge?«

Die Handschellen wurden noch einmal gelöst, der Verurteilte trank zwei, drei Schluck Kaffee.

»Noch 'ne Scheibe Brot?«

»Nein, danke.«

»Aber noch eine Zigarette?« Sie waren auf einmal alle gefällig. Mit solchem Bettelgeld wollen wir die Schuld begleichen, die Schuld, daß wir leben.

Draußen lief ein Wagen an. Von einem Begleitkommando kam einer herein und rief: »Los!«

Baranowski legte, nun fast ruhig, die halbgerauchte Zigarette in einen Aschenbecher, gab dann allen die Hand, wie man vor einer weiten Reise zu tun pflegt, und fragte zuletzt, während die Fesseln sich wieder schlossen, zu mir her: »Fahren Sie mit mir, Herr Pfarrer?«

»Ja, ich bleibe bei Ihnen.«

Es war die Stunde zwischen Dämmerung und Tag. Der wilde Sturm hatte sich gelegt. Westwind kam uns entgegen, regenfeucht und gelinde.

Im Hof stand ein Schirrmeister und gab seine Anweisungen.

»Ihr kommt mit dem Mann hinten rauf«, hörte ich ihn eben zu dem einen Feldpolizisten sagen, und vernahm, wie ein anderer Mann, einer vom Begleitkommando, zurückgab, halblaut nur: »Ne, det jeht nu nich . . . Mensch, da is doch der Sarch mit druff.«

Ich begriff: das war das Kommando des Gräberoffiziers, das hier mit dem Sarg fuhr.

»Herr Kriegspfarrer fahren mit Herrn Kriegsgerichtsrat im PKW?«

»Nein, ich bleibe bei Baranowski.«

»Gut; vorne im LKW haben vier Mann Platz.«

Da sitzen wir nun, die Feldgendarmen, Baranowski und ich, und die Fahrt beginnt. Der Privatwagen des Kriegsgerichtsrats ist schon vorausgefahren. Die Feldpolizisten, froh, daß bis jetzt alles ohne Zwischenfall gegangen ist, lehnen sich zurück und versuchen, auf ihre Weise dem Delinquenten zuzusprechen.

»So was Blödes, mein Junge«, sagte der eine.

Der andere: »Na, nu Kopf hoch! Einen Tod sterben müssen wir alle.«

Ich war nun doch wohl übernächtig-müde. Halb wütend mußte ich in mich hineinlachen wegen dieses »Kopf hoch«. Indessen fuhren wir, niemand begegnete uns, es war gut so. Wir fuhren ein Stück weit auf eben der Straße, auf der ich gestern gekommen war, dann bog der Wagen links ab und es begann eine mühsame Fahrt, fast ohne Weg. Plötzlich erblickten wir vor uns das düster-feierliche Bild des militärischen Zeremoniells: graue Stahlhelme und blitzende Koppelschlösser im Morgenschein. Auf der linken Seite hatte sich eine Kompanie postiert, in der Mitte stand das Peloton, auf der Rechten waren einige Offiziere zu sehen, vorn der Holzpfahl. Der Wagen hielt, wir stiegen aus. Baranowski, der während der ganzen Fahrt kein Wort mehr gesprochen hatte, ging mit langsamen Schritten auf den Pfahl zu. Als er dort stand, wurden ihm die Augen verbunden.

Die Stimme des Kriegsgerichtsrats. Der Ordnung nach mußten Urteil und Bestätigung noch einmal verlesen werden. Ein unbarmherzig langer Sermon. Die Stimme klang, wie sie mir gestern geklungen hatte: ohne Anteil, aber auch ohne den Ton der Kränkung.

Ich hatte mich zu den Offizieren gestellt, doch ganz ohne auf ihre Gesichter zu achten. So erschrak ich denn, als ich plötzlich die Stimme Kartuschkes hörte, die wie mit Messerschärfe die Morgenluft durchschnitt, und ich war es, den sie aufrief: »Der Herr Wehrmachtpfarrer hat das Wort.«

Ich fühlte mehr als hundert Augenpaare auf mich gerichtet. Aber ich selbst gedachte jetzt nur des einen, und dieses eine war durch die weiße Binde verdeckt. Ich ging auf Baranowski zu und sagte, als ich ganz nahe bei ihm stand, so leise, daß nur er es hören konnte: »Nun denk nur noch: in Deine Hände befehle ich meinen Geist. Du hast mich erlöset, Herr, du getreuer Gott.«

Darauf er: »Würden Sie mir noch einmal die Hand geben?«

Unsicher, ohne den Tastsinn des Blinden, suchte er nach meiner Hand. Ich gab sie ihm, ruhig und fest. Es war gut. Der Diener des Evangeliums, der Sache, für die ich hier stand, dokumentierte damit, wo sein Platz ist: auf der Seite derer, die unter die Räder gekommen sind. Die Wahrheit des Evangeliums ist die Torheit der Welt, ihr Spott und ihr Zorn. Ich ließ es gelten, daß es so war. Dann trat ich zurück. Als ich auf halbem Wege war, fielen die Schüsse. Oberleutnant Ernst hatte schweigend das Zeichen gegeben.

Baranowski war aufs Gesicht gefallen. Der Stabsarzt, ein kleiner, schmaler Mann, den ich erst jetzt bemerkte (er sah nicht so aus, als hätte er Freude an seiner Frühtätigkeit), ging vor zum Pfahl, befühlte den Puls, machte sich an den Augen zu schaffen, zog dann die Uhr, kehrte um, und meldete vor Kartuschke mit einer geborstenen Stimme: »Tod fünf Uhr siebenundfünfzig eingetreten.«

Handgriffe. Der ungestrichene Sarg wurde hergebracht, zweimal zwei Hände packten zunächst an den Stiefeln des Toten, die Wehrmacht braucht Leder, dann hob das Kommando ihn in den Sarg, eine breite Blutlache blieb im Sand zurück. Nägel, Hammerschläge: es war an alles gedacht, das deutsche Heer ist eine korrekte Institution, korrekt bis zum Erschossenwerden.

Unterdessen hatten die Einheitsführer die Kommandos zum Abrücken gegeben, ich hatte in den Offizierskreis kurz und blicklos hineingegrüßt.

Da drüben ging Oberleutnant Ernst mit seinem Kommando. Er ging schwer, ein wenig vornübergeneigt auch jetzt. Ich hatte ihn nun gar nicht zu Gesicht bekommen, es tat mir leid. Ich werde ihm ein Wort schreiben müssen, morgen.

Der Kriegsgerichtsrat trat auf mich zu. »Ich darf Sie jetzt in meinem Wagen zur Stadt mit zurück nehmen?« Ich wollte zunächst ablehnen, da bemerkte ich, daß er seinen Fahrer wegschickte und selbst den Steuersitz einnahm. So wollte er wohl einen Augenblick mit mir allein zusammen sein. Dem war standzuhalten.

»Tadellos hingekriegt haben Sie das«, sagte der Kriegsgerichtsrat, als der Wagen anfuhr. Ich sah ihn an. Er schien sich nicht im mindesten dessen bewußt, was er da redete. Es war ihm darum zu tun, mir etwas Verbindliches zu sagen. Ich freilich konnte nichts erwidern.

»Kalt«, sagte er dann, zog den Mantelkragen hoch, schüttelte sich und fahndete nach einer Zigarette. Nun mußte ich wohl ein Wort sprechen.

»Es ist uns jetzt nicht recht wohl, Herr Kriegsgerichtsrat«, sagte ich. Und fügte hinzu: »und es s o l l uns auch nicht wohl sein.«

»Na, wieso?«

»Die Gerechtigkeit, Herr Kriegsgerichtsrat.«

Er sah mich nicht an. Sein Feuerzeug hatte beim zehnten Versuch endlich gezündet, er tat den ersten Zug an seinem Stäbchen, riß dann mit Vehemenz an der Fensterkurbel, atmete die Herbstluft ein und sagte laut: »Verfluchte Scheiße!«

Dann, nach einer kleinen Pause: »Gott sei Dank habe ich noch einen anständigen Wodka daheim. Reservierte Pulle. Schluckweise zu trinken. Nur für besondere Fälle. Erschießungsschnaps, sagt mein Bursche. Lade Sie ein, Herr Pastor.«

»Danke, nein, geht nicht.«

»Wieso nicht? Moralische Bedenken? Wie lange sind Sie beim Verein?«

»Drei Jahre.«

»Drei Jahre und noch nicht verdorben? Sie kommen in den Himmel. Erster Klasse.«

»Sie meinen von wegen nichtgetrunkenem Wodka? Ich trinke sonst gern einen Schluck. Nur jetzt ist mir nicht danach zumut. Es war nämlich alles verkehrt.«

»Was heißt da verkehrt? Ich habe den Krieg nicht gewollt. Aber wenn schon, denn schon. So oder so, wie Adolf immer sagt. Auto oder Sarg. Und dann lieber noch Auto.«

Wir fuhren eine Weile schweigend. Mir kam zum Bewußtsein, wie der Mann, der gestern abend seine Rede so sicher und kühl gehalten hatte, nun hier mit seinen Worten wie zwischen Trümmern lief. Die Sprache ist von Gott und übt ein gerechtes Gericht.

»Ich glaube, ich gehe eine Stunde ins Gelände«, sagte ich dann. »Wenn Sie mich da vorn absetzen wollten.«

»Schön. Gehen Sie. Gehen Sie mit Gott. Nochmals meine Anerkennung. Sie verstehen Ihr Metier.«

»Leben Sie wohl, Herr Kriegsgerichtsrat.«

10

Auf der anderen Seite der Straße ging ein kleiner Weg der Anhöhe entgegen, die mir schon gestern bei der Anfahrt aufgefallen war. Ich war froh, endlich wieder allein zu sein und Fuß vor Fuß setzen zu können, so wie ich es gestern (oder wann war das gewesen?) in dem morgendlich atmenden Land getan hatte. Das Erlebnis freilich, die Kette von Erlebnissen aus dieser Nacht ließ mich nicht los; und als oben auf der Höhe ein Soldatenfriedhof sich zeigte, empfand ich es ganz als zur Stunde gehörig. Hier wird ja dann wohl auch Baranowski seinen Platz finden; nicht in der Reihe der anderen, gewiß nicht, aber außen an der Seite, und auch da wird Ruhe sein. Er ruhe in Frieden. Niemand spricht dieses Wort über seinem Grab. So spreche ich es jetzt. Und es wird gelten, selbst wenn in drei, vier Jahren neue Verwüstung hier um sich greifen wird; allzulange wird die nicht mehr auf sich warten lassen. Die Sowjets werden diese Länder und Städte wieder besitzen, und kein Kreuz wird mehr auf diesem Friedhof stehen, Kreuze sind gutes Brennholz für die Kasernen der Roten Armee. Fedor Baranowski wird kein Kreuz bekommen. Nun, so wird er auch keines verlieren können.

Ein jäher Lärm schreckte mich auf. Es war ein Flugzeug, das ganz tief über die Anhöhe weg flog, der Pilot schaute heraus und winkte mir zu. Ich sah ihm nach und wurde gewahr, daß der Flugplatz ganz in der Nähe lag.

Zum Flugplatz! Das könnte der richtige Weg in dieser Stunde sein. Ins Wehrmachtheim will ich noch nicht zurück, obwohl es gewiß ist, daß die Liebenden nicht mehr im Zimmer sind. Schwester Melanie muß ja schon in aller Frühe gegangen sein, Brentano hat sie ein Stück weit begleitet, denk ich, ist dann zurückgekehrt, der Gefreite aus Balingen hat ihm geklopft, jetzt sitzt er am Frühstückstisch. Vielleicht, daß ich ihm noch begegne, wenn ich jetzt aufs Rollfeld komme.

Die Absperrung des Geländes war nicht sehr streng; ich wies mein Soldbuch vor und konnte passieren, eine Anzahl kleiner Maschinen standen fahrtbereit, Bodenpersonal lief her und hin, es herrschte jene muntere Geschäftigkeit, die in dieser Waffengattung sich noch am ehesten bis ins vierte Kriegsjahr hinein erhalten hatte.

»Good morning, chaplain«, rief da plötzlich eine Stimme von hinten. Ich wandte mich um, es war der Horstkommandant von Winniza, ein Oberstleutnant, den ich von manchen Dienstbesprechungen her kannte. Er war das, was man einen edlen Heiden nennen könnte. Wir hatten uns ziemlich bald gefunden in der gemeinsamen Liebe zur Musik und dem ebenso gemeinsamen Haß auf Hitler und die Seinen. Es war bewunderungswürdig, wie er – ungleich mehr den Spitzeln ausgesetzt, als ich es war – jenen unfaschistisch-menschlichen Raum schuf, den er ›sturmfreie Zone‹ zu nennen pflegte. Schon dieses ›good morning‹ war unvorsichtig genug.

»Was tun Sie denn hier?« fragte er.

»Ich hatte dienstlich hier zu tun, Herr Oberstleutnant.«

»Einer ins Gras gebissen?«

»Gebissen worden.«

»Ach so.« Er verstand sogleich. Unser Leben, ein primitiv gewordenes Leben, war geübt, die wenigen Dinge, die es noch gab, rasch zu verstehen. »Diese Bande. Na – alles aufs Konto.«

»Schon. Bloß werden die da droben nicht mehr lebendig davon«, gab ich zurück und deutete mit der Hand auf die Friedhofshöhe.

»Nein. Aber wenn Schicklgruber in den Tartarus fährt, machen die Geister Musik. Sie wissen ja: Gluck. Eigentlich sollten wir das noch erleben, was? – Und wo wollen Sie jetzt hin?«

»Nach Winniza zurück.«

»Haben Sie schon einen Wagen?«

»Nein, ich gehe nachher zur Fahrbereitschaft und frage nach.«

»Unsinn, Sie fliegen mit mir. Ich fliege in einer Stunde.«

»Sehr gerne, Herr Oberstleutnant. Ich habe nur meine Sachen noch drüben im Wehrmachtheim.«

»Gut, die holen Sie sofort. Ich fasse für uns drüben einen Wagen und wir fahren zur Stadt.«

Wir fuhren. Der Oberstleutnant hatte auf der Kommandantur einiges zu tun. Es lag mir auf der Zunge, ihm von Kartuschke zu erzählen, ich unterließ es dann aber doch. War das nun nicht schon wieder ganz fern gerückt? Brentanos Händedruck, Melanies Lachen und der Kuß des Gefangenen, die waren da. Auch schien es mir plötzlich, es sei das Böse, das mich so kränken konnte, viel mehr das Unerlöste, dem wir noch nicht gewachsen waren. War es so, so war es gewiß nicht wohlgetan, davon zu sprechen.

Am Wehrmachtheim setzte mich der Oberstleutnant ab. »In einer halben Stunde an der Kommandantur; ist es Ihnen so recht?«

»Sehr recht.«

Ich trat durch das hintere Tor ins Haus, stieg, ohne jemandem zu begegnen, die Treppe hinauf und eilte durch den Gang. An der Tür blieb ich stehen und horchte einen Augenblick lang. Kein Laut war zu hören. Dann trat ich ein. Die Stube war leer, es war eine Stube wie alle Stuben. Kein Hauch des nächtlichen Lebens war in ihr zurückgeblieben. War hier geliebt und gewacht worden? Nichts deutete mehr zurück in Bangnis und Seligkeit hinein, aber der innere Sinn bewahrt, was er weiß. Ich schloß ab und gab den Schlüssel zurück. Im Frühstücksraum saßen die Offiziere zu einem kleinen Teil noch immer am Kaffeetisch. Von Hauptmann Brentano war auch hier nichts zu sehen, ich fragte nicht nach ihm. Nur für den freundlichen Landsmann, den ich auch nirgends entdecken konnte, hinterließ ich einen Gruß.

Eben, als ich auf das Kommandanturgebäude zukam, erschien der Oberstleutnant unter der Türe. »Evviva il pastore.« Er liebte die italienische Sprache, die Sprachen überhaupt. Ingenieur von Haus aus, war er viel in der Welt herumgekommen. Was ihn bei seiner jetzigen Tätigkeit allenfalls ergötzte, war der Reiz des technischen Fortschritts. Aber keine Neuerung vermochte ihn so zu fesseln, daß er nichts über seine Flugzeuge hinaus zu denken wünschte. Abends saß er am Klavier, spielte Vivaldi und rezitierte dazwischen aus dem Gedächtnis am liebsten aus romanischen Sprachwerken. »Ich bin inkonsequent, Signore«, sagte er dann wohl, »aber ich bringe keinen Widerwillen auf gegen den torre di Roma, weil er – nun, weil er die Sprache des Dante spricht.«

»Avanti!« rief er jetzt, und so schnell, wie wir hergefahren waren, fuhren wir zum Flugplatz zurück.

Dort war unterdessen eine große Maschine gelandet, und wie ich das Wachlokal des Gefängnisses am gestrigen Abend als Lebenshausung, heute früh aber als Vorzimmer des Todes empfunden hatte, so war auch hier plötzlich der ganze Bereich verwandelt: das Bodenpersonal tat auf gleiche Weise Dienst wie zuvor, die Offiziere standen unter der Türe und rauchten eine Zigarette nach der anderen, die Piloten liefen in ihren ledernen Kombinationen über das Gelände, Flugbefehle in der Hand, und doch war es, wie wenn ein schieferblauer, tödlicher Ernst sich auf den ganzen Platz gelegt hätte.

Da stand die große Maschine, eine Ju 52, und es fiel mir ein, daß man sie gelegentlich als ›gute Tante Ju‹ bezeichnen mochte, um von ihrer behäbigen Sicherheit eine Vorstellung zu geben. Hier aber verhielt es sich anders: dies war die Stalingrader Maschine, und Hauptmann Brentano flog mit ihr in den Tod.

Woher man das wußte? Man wußte es. Auch der Oberstleutnant hatte Eile, den geliehenen Wagen mit zwei Worten an einen von den Fahrern des Horsts zurückzugeben und an die Rampe zu kommen. Dort stand, im Gespräch mit zwei Begleitern, der fremde Pilot. Ich blieb ein wenig zurück, doch hörte ich, was nun gesprochen wurde.

»Wohin fliegen Sie?« fragte der Oberstleutnant.

»Zunächst nach Rostow, Herr Oberstleutnant.«

»Und dann?«

Der Pilot zögerte. Das Ziel war offenkundig Dienstgeheimnis.

»Lassen Sie nur« – sagte der Oberstleutnant sogleich, um den Piloten nicht in Versuchung zu führen, und fügte hinzu, dies aber in einem ganz leichten Ton gesprochen: »Haben Sie Schokolade bei sich?«

Der Pilot sah einen Augenblick unsicher drein; was sollte die Frage?

Da griff der Oberstleutnant in seinen Waffenrock, zog zwei Tafeln Schokolade heraus und gab sie dem Piloten. »Hals- und Beinbruch«, sagte er dann und reichte ihm die Hand.

Hals- und Beinbruch: das war so eine Art Fliegersegen. Man gedachte das Unheil damit zu bannen, daß man es bei Namen nannte.

Der Händedruck aber – was der bedeutete, das wußte der Pilot wohl. Er ging zurück zum Flugzeug und wandte sich nicht mehr um.

Indes trat der Oberstleutnant zu mir; sein Gesicht war fahl, wie ich es nie gesehen hatte. Er sagte: »Nevermore.« Nur dies: Nevermore. Das Rabenwort des Edgar Allan Poe. Und dann, wieder in dem anderen Ton: »Ich komme gleich wieder, dann fliegen wir.«

Ich blieb an der Rampe stehen und sah aufs Rollfeld hinaus. Der Pilot war eingestiegen, die Propeller liefen an. In diesem Augenblick entdeckte ich den Hauptmann Brentano. Er mußte eine Zeitlang hinter dem Flugzeug gestanden haben; wahrscheinlich wünschte er, solange als es möglich war, den Boden der Stadt Proskurow unter den Füßen zu spüren, zu viel hing für ihn an dieser Stadt.

Nun kam er und wandte sich dem Laufsteg zu, blickte herüber, unbestimmt zuerst, dann aber erkannte er mich. Einen Augenblick schien es, als wolle er nun noch her zu mir eilen, aber ein Ruf aus der Kabine schien zu besagen, daß es dazu schon zu spät sei. So blieb er denn stehen und grüßte vom Laufsteg aus. Und mit diesem Gruß war es so bestellt, daß er noch ein letztes Mal alles zusammenfaßte, was mir in Hauptmann Brentano begegnet war: Haltung, Leichtigkeit, Morgenlicht in Todesnähe. Allen Kriegen und allen Verwirrungen fast schon entronnen – so grüßte er. Und so fremd und feindselig mir zu anderer Zeit die stechende Gebärde dieses Grußes erscheinen sein möchte – diesmal war ihr strenger Ausdruck auch für mich die einzig angemessene Weise, das noch zu sagen, was der Mund nicht mehr sagen konnte: Melanie und der Tod, Liebesnacht und nevermore. Ich grüßte zurück. Ich hätte nicht sorgfältiger grüßen können, wenn ein Feldmarschall die Front entlanggeschritten wäre. Nun schloß sich die Tür, das Flugzeug stieg auf.

Mein Oberstleutnant war zurückgekehrt, er trug den leichten Overall, der für die kurze Strecke genügte. Wir sahen dem großen Vogel nach, schweigend. Dann sagte er: »Da drüben steht meine Kiste, kommen Sie, wir starten.« Er gab mir ein wenig Hilfestellung, zeigte Fallschirm, Gurt und Reißleine – »für alle Fälle« – und stieg auf seinen Sitz. Es war ein Zweisitzer vom Typ der Sturzkampfmaschinen, der Beobachter saß allein in dem Glasgehäuse auf der Rückseite; hier nun, da es nichts zu beobachten gab, konnte ich diesen Platz einnehmen.

Proskurow kam schnell außer Sicht, Kommandantur und Kiesgrube, der Friedhof zuletzt – jetzt waren wir schon in der Höhe. Wir flogen rasch. Dunkelbraun, weit und klar lag das Land unter uns.

Kaum, daß wir die unterste Region verlassen hatten, machte sich von neuem jener Sturm bemerkbar, der die Nacht über auf der Erde regiert und erst in den frühen Morgenstunden nachgelassen hatte; hier herauf, so schien es, hatte er sich verzogen. Mir kam die Kunde von der katalaunischen Feldschlacht in den Sinn: setzten auch heute die Geister der Erschlagenen ihre Kämpfe in den Lüften fort? Unten – da, wo ich herkam und wohin ich zurückkehren würde – wie lange würde da unten wohl noch das schwere Unentschieden dauern? Wie lange regieren noch die Kartuschkes? Es sterben die Schuldig-Unschuldigen, die Besorgten aber wachen, und sie quälen sich bis an den Tag.

Lange genug hatte ich meine Müdigkeit überlisten können. Jetzt war sie dabei, es über mich zu gewinnen. Vielleicht walten in diesen oberen Schichten auch schon andere Gesetze. Jedenfalls begannen die Gedanken, die mir während der Nacht so strengen Gehorsam geleistet hatten, nach und nach zu entschwinden, einzig die träumerischen Vorstellungen blieben mir nahe.

Was für eine Figur war das, die aus dieser Wolke mich ansah? Es war ein Menschengesicht, ein Kindergesicht war es, fast silberweiß in halbverwehter Kontur. Ist Ljubas Sohn gemeint? Ich werde die Beiden finden, die Mutter und den Sohn, und vielleicht schenke ich ihnen den Ring, der mir neulich auf dem Bazar in die Augen gefallen war, den schmalen Ring mit den zwei roten Steinen. Zwei Väter, Sohn, haben über dir gewacht, beide sind dahin gegangen, du sollst es nicht vergessen. Aber schon wandelt sich die Wolke, es ist kein einzelnes Gesicht, eher ein Kreis von Gesichtern, eine Puttenschar, wie Rubens sie gemalt hat. So werden sich die Kinder da droben in dem Dorf bei Soest zusammenfinden, wenn der Vater in den Urlaub kommt, schweren Schritts auch dort, und ein wenig vornübergebeugt. Sie werden ihn schön willkommen heißen, und auch du, Bruder Ernst, sollst ihnen wohl ins Gesicht sehen. Wer auf diesem Planeten hinwandert, wird schuldig werden, es ist ein unergründliches Gesetz. Es ist ein eiserner Ring, und ihr sollt es wissen.

Nun sind es keine Kinderscharen mehr, die der Traumblick gewahrt, die Wolke hat sich gedehnt, es ist ein Menschenleib, ein schlafender. Auch seh ich sie so silbern nicht mehr, sondern fahlgelb und jetzt fast dunkel. So möchte es wohl Baranowski sein, der Mann in seinem Sarg. Oder ist Zukunft gemeint, verborgen für heute, dann aber offenbar? Hat Melanie in dieser Nacht ein Kind empfangen? Und soll die alte prophetische Weissagung gelten: Ehe der Knabe lernt, Gutes und Böses zu unterscheiden, wird diese Widermacht vernichtet sein?

Aber da ist noch Kartuschke. Und ich weiß, es ist ein weiter Weg, bis auch die Haßerfüllten verwandelt sind. Das Leben wird nicht aufhören, uns einzuladen, an diesem Weg zu bauen. Und ehe nicht das wohlbemessene Teil geleistet ist, darf keiner sich zur Ruhe begeben.

Eine gute Zeit lang waren wir in immer gleicher Höhe dicht unter den niederen Wolken geflogen, dann aber stießen wir durch die Decke hindurch in die Sphäre der völligen Klarheit. Ich riß die Kanzel auf und beugte mich hinaus, tief Atem holend. Es war eine Art Jubel, ein seltsam zorniger Jubel. Und als der Pilot wenig später von neuem in die Wolkenzone hinabstieg und ein Regenschauer mir entgegenkam wie Peitschenhieb und Nadelstich, da dachte ich nicht daran, das Glasgehäuse zu schließen. Ich war einverstanden mit allem, auch mit dem wilden Aufruhr der Lüfte.

Bibliographie

Zusammengestellt von Tanja Dedekind

A. Lyrik

Der Hirte. Gedichte. Leipzig: Kulturpolitischer Verlag, 1934.
Heimat ist gut. Zehn Gedichte. Hamburg: Ellermann, 1935.
 (1. Druck der Reihe »Die Jungen«.)
Der Nachbar. Berlin: S. Fischer, 1940.
Die Herberge. Berlin: Suhrkamp, 1947.
Gedichte. 1930–1950. Frankfurt a. M.: S. Fischer, 1950.
Lichtschatten du. Gedichte aus fünfzig Jahren. Frankfurt a. M.:
 S. Fischer, 1978.

B. Erzählungen

Begegnungen. Hamburg: Furche-Verlag, 1939.
Schwäbische Herzensreise. Stuttgart/Calw: Hatje, 1946.
Unruhige Nacht. Hamburg: Wittig, 1950. [Erschienen Dezember
 1949.]
Das Brandopfer. Frankfurt a. M.: S. Fischer, 1954.
Das Löffelchen. Frankfurt a. M.: S. Fischer, 1965.
Das Brandopfer. Das Löffelchen. Frankfurt a. M.: S. Fischer, 1980.
 (Fischer Bibliothek.)

C. Essays

Mörike. Stuttgart: Cotta, 1938.
Über das Gespräch. Hamburg: Furche-Verlag, 1938. – Neubearb.
 und erw. Aufl. unter dem Titel: Über das Gespräch. Du bist nicht
 allein. Ein Gespräch zu dritt. Hamburg: Furche-Verlag, 1954.
 (Furche-Bücherei. 41.)
Die guten Gefährten. Prosastücke. Stuttgart: Cotta, o. J. [1942.] –
 München/Hamburg: Siebenstern Taschenbuch Verlag, 1968. (Sie-
 benstern Taschenbuch. 111.)
Rede auf Hermann Hesse. Berlin: Suhrkamp, 1946.
Von Mensch zu Mensch. Bemühungen. Berlin: Suhrkamp Verlag
 vorm. S. Fischer, 1949.

Christtag. Sieben Betrachtungen. Hamburg: Furche-Verlag, 1951. (Furche-Bücherei. 148.)

Unsre letzte Stunde. Eine Besinnung. Hamburg: Furche-Verlag, 1951. (Furche-Bücherei. 78.)

Freude am Gedicht. Zwölf Deutungen. Frankfurt a. M.: S. Fischer, 1952.

Freundschaft und Entfremdung. Mainz: Eggebrecht-Presse, 1953. (Sammlung Eggebrecht.)

Krankenvisite. Sechs Anreden. Hamburg: Furche-Verlag, 1953. (Furche-Bücherei. 91.)

Vertrauen in das Wort. Drei Reden. Frankfurt a. M.: S. Fischer, 1953.

Heilige Unruhe. Eine Ansprache. Stuttgart: Evangelisches Verlagswerk, 1954.

Worte zum Sonntag. Hamburg: Furche-Verlag, 1955. (Furche-Bücherei. 114.)

Das dreifache Ja. Rede zum Volkstrauertag. Gehalten beim Staatsakt der Hessischen Landesregierung in Wiesbaden. 13. November 1955. Frankfurt a. M.: S. Fischer, 1956.

Genesis. Bilder aus der Wiener Genesis. Hamburg: Wittig, 1956. [Texte zu Buchmalereien.]

Ruf und Echo. Aufzeichnungen 1951–1955. Frankfurt a. M.: S. Fischer, 1956.

Der Neckar. Königstein i. Ts.: Langewiesche, 1957. (Langewiesche-Bücherei.) – Stuttgart: Verlag Die Schönen Bücher, 1965. (Die schönen Bücher. Reihe A. Bd. 3.)

Goethes Mutter. Frankfurt a. M.: Verlag der goldene Brunnen, 1958. (Freies Deutsches Hochstift. Frankfurter Goethemuseum. Reihe der Vorträge und Schriften. Hrsg. von Ernst Beutler. Bd. 19.) – Wiesbaden: Insel Verlag, 1960. (Insel-Bücherei. 711.)

Stunden mit Bach. Hamburg: Furche-Verlag, 1959. (Furche-Bücherei. 165.) – Bielefeld: Luther-Verlag, 1984. [4. überarb. und erw. Aufl.]

Wagnis der Versöhnung. Drei Reden. Hesse. Buber. Bach. Leipzig: Koehler & Amelang, 1959.

Worte zum Fest. Hamburg: Furche-Verlag, 1959. (Furche-Bücherei. 173.)

Ravenna. Einführung. München/Ahrbeck: Knorr & Hirth, 1960. (Das kleine Kunstbuch.)

Die Weihnacht der Bedrängten. Hamburg: Furche-Verlag, 1963. (Furche-Bücherei. 210.)

Im Weitergehen. Fünfzehn Versuche. München/Hamburg: Siebenstern Taschenbuch Verlag, 1965. (Siebenstern Taschenbuch. 50.)

Dichter und Gedicht. Zwanzig Deutungen. Frankfurt a. M. / Hamburg: Fischer Bücherei, 1966. (Fischer Bücherei. 771.)

Dunkler Tag, heller Tag. Hamburg: Siebenstern Taschenbuch Verlag, 1973. (Siebenstern Taschenbuch. 173.)

Ein Winter mit Paul Gerhardt. Neukirchen-Vluyn: Neukirchener Verlag, 1976.

Quellen, die nicht versiegen. Geschichten und Gedanken. Basel: Reinhardt, 1980.

Noch und schon. Zwölf Überlegungen. Stuttgart: Radius-Verlag, 1983.

Christtagswege. Stuttgart: Radius-Verlag, 1984. (RadiusBibliothek.)

Eduard Mörike: Um Mitternacht. Faksimile von 1827. Begleitwort Albrecht Goes. Nürtingen: Verlag der Buchhandlung Zimmermann, 1984.

D. Sammelbände – Prosa und Verse

Lob des Lebens. Betrachtungen. Stuttgart: Deutsche Verlags-Anstalt, 1936.

Erfüllter Augenblick. Eine Auswahl. Frankfurt a. M.: S. Fischer, 1955. (S. Fischer Schulausgaben moderner Autoren.)

Der Gastfreund. Berlin [Ost]: Union-Verlag, 1958.

Die Gabe und der Auftrag. Berlin [Ost]: Union-Verlag, 1962.

Aber im Winde das Wort. Prosa und Verse aus zwanzig Jahren. Frankfurt a. M.: S. Fischer, 1963. [Darin: Unruhige Nacht.]

Erkennst Du Deinen Bruder nicht? München: Verlag Mensch und Arbeit, 1965. (Jahresgabe der Werkzeitschrift »Werk und Wir« der Hoesch AG.)

Tagwerk. Prosa und Verse. Frankfurt a. M.: S. Fischer, 1976.

Besonderer Tage eingedenk. Ansprache zur Eröffnung einer Ausstellung in der Deutschen Bibliothek und andere Erzählungen. Frankfurt a. M.: Buchhändler Vereinigung, 1979. (Kleine Schriften der Deutschen Bibliothek. 4.)

Buchstab-Zauberstab. Berlin [Ost]: Evangelische Verlagsanstalt, 1988. [Darin: Unruhige Nacht.]

E. Predigten

Hagar am Brunnen. Dreißig Predigten. Frankfurt a. M. / Hamburg: Fischer Bücherei, 1958.

Der Knecht macht keinen Lärm. Dreißig Predigten. Hamburg: Wittig, 1968.

Kanzelholz. Dreißig Predigten. Hamburg: Wittig, 1971. – München/ Hamburg: Siebenstern Taschenbuch Verlag, 1971. (Siebenstern Taschenbuch. 173.)

F. Gemeindespiele

Die Hirtin. Ein Weihnachtsspiel. München: Chr. Kaiser, 1934. 1948.

Die Roggenfuhre. Ein Evangelienspiel. München: Chr. Kaiser, 1936. 1947.

Vergebung. Ein Frauenspiel. München: Chr. Kaiser, 1938. 1956.

Der Zaungast. Ein Evangelienspiel. München: Chr. Kaiser, 1938. 1954.

Der Weg zum Stall. Ein Krippenspiel für Kinder. München: Chr. Kaiser, 1946.

Die fröhliche Christtagslitanei. München: Chr. Kaiser, 1949.

Das St. Galler Spiel von der Kindheit Jesu. Frankfurt a. M.: S. Fischer, 1959.

Der Mensch von Unterwegs. Ein Gespräch für die Christnacht in unseren Tagen. Hamburg: Wittig, 1949. – München: Chr. Kaiser, 1960. [Erw. Fass.]

Ausgaben von »Unruhige Nacht«

Unruhige Nacht. Hamburg: Wittig, 1949 [u. ö.].

Unruhige Nacht. Berlin [Ost]: Union-Verlag, 1955; 1959; 1961.

Übersetzungen

Arrow to the heart. Übers.: C. Fitzgibbon. London: M. Joseph, 1951.

Orolig Natt. Übers.: P. G. Wahlund. Stockholm: Bonnier, 1951.

Unquiet Night. Übers.: C. Fitzgibbon. Boston: Houghton Mifflin, 1951.

Rauhaton Yö. Übers.: L. Hirvensalo. Helsinki: Werner Söderström, 1952.

Jusqu'à l'aube. Übers.: P. Bertaux. Paris: Albin Michel, 1953; 1971.

Noche Angustiosa. Übers.: M. Schönfeld. Buenos Aires: Libreria Hachette, 1953.

Før Daggry. Übers.: H. Magle. Odense: Skandinavisk Bogforlag, 1953.

Tedirgin Gece. Istambul: Yayinevi, 1954.

Het was een vreemde Nacht. Übers.: T. Booy. Amsterdam: ten Have, 1954; 1959.

Niespokojna Noc. Übers.: M. Morstin-Gorska. Warschau: Wydawnictwo PAX, 1954; 1959.

Unruhige Nacht. New York: American Book Company, 1955. [Amerikanische Schulausgabe mit Glossar.]

La notte inquieta. Übers.: R. Leiser Fortini. In: Prima dell' alba. Turin: Einaudi, 1959.

Fuan no yoru. Übers.: S. Tosikazu. Tokio: Misuzu Shobô, 1960; 1966.

Unruhige Nacht. Übers.: T. Jiro. Tokio: Schuppan, 1963. [Japanisch/ deutsche Schulausgabe.]

Natt uten ro. Übers.: A. Myhre. Stavanger: Nomi Forlag, 1963.

Neklidná Noc. Übers.: J. Suda. Prag: Lidova Demokracie, 1963.

Unruhige Nacht. London: Macmillan, 1965. [Englische Schulausgabe mit Kommentar und Glossar.]

Noche intranquila. Übers.: A. Sabrido. In: El Holocausto. Barcelona: Libros Plaza, 1968.

Lang Nag voor Dagbreek. Übers.: E. Louw. Kapstadt/Johannesburg: Tafelberg-Uitgewers, 1971.

Verfilmung – Fernsehsendungen

Filmrechte 1955 von Carlton Film GmbH gekauft.
1956 Produktion des Filmes unter dem Originaltitel: »Unruhige Nacht«.

Fernsehsendung »Unruhige Nacht« ausgestrahlt vom Südwestfunk am 18. März 1955.

Firma Sonor Films Ltd. 1952 Erwerbung des Rechts einer Fernseh-Adaptierung der Novelle »Unruhige Nacht« durch die British Broadcasting Corporation.
Sendetermin unter dem Titel »Arrow to the Heart«: 20. April 1952. 24. Juli 1952.

Nachwort

Es muß eine Herbstnacht im Jahr 1947 gewesen sein, im dritten Jahr nach meiner Rückkehr aus fünf Kriegsjahren: Ich war wunderbarerweise wieder Pfarrer in dem schwäbischen Dorf, das ich im Mai 1940 mit dem Stellungsbefehl verlassen hatte, nun also Friedensmann wieder, Bürger und Hausvater: Oben schliefen meine Frau und die drei kleinen Töchter; ich hatte damals – von vielen neuen Aufgaben bedrängt – die Übung – zuweilen wenigstens –, die Nacht zum Tage zu machen, und dies war eine sehr stürmische Nacht, an Schlaf war ohnehin nicht recht zu denken gewesen. So war es drei Uhr, vier Uhr geworden hier unten bei meinen Papieren; da kam es mich an, eine halbe Stunde Morgenluft fühlen zu wollen: Ich konnte durch eine Hintertür leise aus dem Haus kommen, mein Pfarrhaus war das letzte Haus im Dorf, leicht bergan führte der Weg in den Nachbarort. Ich schob den Riegel zurück, aber es gelang mir nicht hinauszutreten, der Sturm riß mir buchstäblich die Tür aus der Hand. Wo habe ich das schon einmal so erlebt? Ja, das war vor fünf Jahren in Proskurow in der Ukraine. Ich mußte in der frühesten Frühe unterwegs sein, mußte in das provisorische Wehrmachtsgefängnis zu einem Todeskandidaten, um mit ihm die letzte Stunde zu teilen; kriegsgerichtlich befohlene Erschießungen fanden vor Tag statt. Ich erzwang mir nun doch den Ausgang hier, lief, müde von der Nachtarbeit und seltsam überwach zugleich, in einer halb zornigen Energie die Straße bergauf, gegen den Sturm, und da war ich denn wieder in Proskurow und sah alles, was damals war; mein Soldatenquartier in der fremden Herberge, den Weg, die Zellengänge und die e i n e Zelle, sah das Prozeßkonvolut, das ich die Nacht über bis in den Morgen hinein studiert hatte, Schreibmaschinenblätter, Unterschriften, sah Gesichter, hörte Stimmen, Schüsse dann ...

Und dann plötzlich – im Fieber der Erinnerung verschieben sich Räume und Zeiten und Situationen – eine Stube, die ich Liebenden überlassen hatte, Brautleuten, die ein einziges, ein letztes Mal sich treffen konnten; die Stube war für mich reserviert gewesen, aber ein Lazarettpfarrer findet auch in fremden Bereichen noch eine Liege irgendwo ... Und das alles geht nun in dieser dunklen Morgenfrühe ineinander über in eine ›Weise von Liebe und Tod‹, vier Jahrzehnte schier nach Rilkes »Cornet« ... Ja, und so entstand das wohl; und ich, als ich nach einer Stunde wieder zurückkam, mein Haus schlief noch, ich wußte nun vieles wieder von damals – vieles, nicht alles –, aber ich hätte wohl gleich mit der Niederschrift der Erinnerung beginnen können.

Das tat ich nun nicht. Der morgendliche Überfall mußte ein wenig bewältigt, bewacht, beschwiegen werden; aber dann gab es doch bald ein Gerüst, eine Kapiteleinteilung, und dann die Arbeit, Seite für Seite. Ich kannte mich zu der Zeit schon ziemlich gut, meine Umständlichkeit, meine Komma-Fuchserei, den Flaubertschen Wieder-und-wieder-Abschreibe-Tick; es würde Wochen und Monate dauern, bis die kleine Erzählung fertig würde; aber eines Tages wurde sie fertig; und sie reiste, wohl im Oktober 1948 – nach einem kurzen, den Autor bedrängenden Umweg –, zu Friedrich Wittig, dem Freund und Verleger. Und dann ging es ziemlich hurtig bei ihm, beim Setzer, beim Korrektor, bei den Druckern, und im Dezember lag das fertige Buch in den Sortimenten, und diesmal, nur diesmal, war die Gunst der Stunde bei mir: Viele Leute wollten damals sogleich diese Rechenschaft lesen: einen Becher Wahrheit: ja, so war es! Eine stumme Warnung: ›Nie wieder‹, einen Fingerhut voll Trost vielleicht.

Ich selbst, zu keiner Stunde von meiner Adjektivitis befreit, wußte, als ich das fertige Buch in der Hand hatte, sogleich ein paar Halbsätze, die ich anders wollte, aber nun mußte das Buch seinen Weg machen, und es fand ihn, uns alle überraschend, sehr schnell.

Das Votum des ersten Lektors, dem die Erzählung nicht gefallen hatte – dies hier aus der Rückschau anzumerken –, hat mich immer wieder beschäftigt. Die Geschichte – so dies Votum – hätte nach Art eines Kleistschen Textes ganz knapp erzählt werden müssen. Ich lasse den großen Namen aus dem Spiel, meine aber noch immer, daß sie nicht länger und nicht kürzer sein durfte. Nicht länger, weil alles, was die Sphäre der Reportage streift, sich in mir von vornherein verboten hatte; nicht kürzer, weil man von den Stationen des nichtgelebten Lebens nicht im Staccato spricht: ein Andante con moto war geboten – und forderte diese zehn kleinen Kapitel.

*

Verleger Wittig, damals in einer besonderen buchhändlerischen Vertrauensstellung, konnte Max Tau gewinnen, um dem Buch in Skandinavien Boden zu bereiten, und England fragte sogleich an; ich selbst fand meine Freunde im S. Fischer-Verlag den Weg zu Pierre Bertaux. Zunächst trafen wir beide uns im Zeichen Hölderlins; von der ersten Begegnung mit ihm nahm ich seine Doktorarbeit heim: »pour Albrecht, qui est ici chez soi« hatte er eingeschrieben, man kann vielleicht nur im Französischen so eine Widmung so schreiben, aber bald darauf las er meine Erzählung, und beschloß, sie zu übersetzen. Ein halbes Jahr später kam er zu mir, wir saßen in eben der Stube, die ich in jener Oktobernacht verlassen hatte, um gegen den Sturm zu laufen; »Ich bin nahezu fertig«, sagte er, »es fehlt mir fast nur noch der französische Titel. ›Nuit inquiète‹ oder ›Nuit bruyante‹ – das gibt nichts her.« Er las, halb in Deutsch, halb in seinem französischen Manuskript einen Ausschnitt aus dem letzten Kapitel, kam an die Stelle, die im deutschen Text lautet: »Die Besorgten aber wachen, und sie quälen sich bis an den Tag.« Bei ihm hieß das: »Ceux qui méditent gardent les yeux ouverts, et se tourmentent jusqu'à l'aube.« Bertaux hielt inne, wiederholte prüfend nocheinmal die Stelle, dann leuchtete er auf, und rief: »Jusqu'à l'aube‹... Du, wie wäre das, das gibt das Zwischenlicht, die Stunde, die Sache ... laß mich dabei bleiben: ›Bis zum Morgengrauen‹. Und laß mich da aufhören. Ich weiß, bei Dir geht es noch weiter, Dein Traum beim Rückflug kommt noch, das ist wichtig für Dich, aber weißt Du: das ist – une rêverie allemande ... nicht ganz für Descartes' Land ... Erlaubst Du, daß ich das einfach weglasse?«

Bertaux, mein Altersgenosse, von vielen Führungsämtern geprägt – »monsieur le gouverneur« hatte er zu Zeiten gehei

75

ßen –, war ein Herr; ich mußte zustimmen – und so ist diese französische Fassung meines Textes bis zum heutigen Tag um anderthalb Seiten kürzer als alle übrigen Ausgaben.

*

Sehr ging es mich an, daß Anfang der fünfziger Jahre schon eine polnische Ausgabe zustande kam. Ich vermute, daß die PAX-Leute in Warschau, bei denen das Buch erschien, nicht gut auf Adenauers Bundesrepublik zu sprechen waren; aber das Buch fand viele Leser, es fand auch, wie ich später erfuhr, zu Karol Wojtyła, und von einem anderen besonderen Leser wußte ich bald: es war Stanisław Jerzy Lec, dessen »Unfrisierte Gedanken« uns Karl Dedecius nahe gebracht hat; Lec hatte sich kurz vor seinem Tod noch ernstlich mit dem Buch beschäftigt; wie es denn überhaupt im Gang der Jahre das Los meines Buches wurde, nirgends, außer bei uns und in Frankreich, große Leserschaften zu finden, wohl aber vielerorts nicht wenige Einzelne, die genau zu lesen wußten. Hitlers Krieg war ein Ereignis gewesen, das alle Völker in Mitleidenschaft gezogen hatte, so wurde der Confrère, der an diese Wunde gerührt hatte, von vielen Einzelnen beim Wort genommen. Es ging nicht um Ruhm und Gloria, sondern um eine Gemeinschaft der Sorge und der Liebe. So war Primo Levis Zuruf aus Turin zu verstehen, Nelly Sachs aus Stockholm und sehr früh schon Victor Gollancz. Thomas Mann schrieb, noch aus Californien, den Gruß des Ältervaters, Hesse aus Montagnola, und Manès Sperber aus Rumänien, Zuckmayer schickte den Brudergruß, und François-Poncet bestellte mich zum Rapport in seine Botschaft auf Schloß Ernich bei Bonn; und dann kamen die Jüngeren und die Jüngsten mit ihren Fragebogen, und natürlich fehlten auch die Zornigen nicht, denen dies leise, aber unerbittliche ›Nein‹ ein Ärgernis war.

*

Es versteht sich, daß mir sehr an einer Ausgabe in der Deutschen Demokratischen Republik gelegen war; ich hatte von früheren Büchern her und im Zusammenhang mit Lesereisen bald nach dem Krieg dort viele Menschen, die nach dem Buch fragten; als sich die Möglichkeit einer Publikation zeigte, 1955, hatte der Zensor einige wenige Streichungen – drei, fünf Zeilen – verlangt, ehe er sein Placet geben wollte: diesmal war ich, alles erwägend, zur Nachgiebigkeit bereit.

*

Viel mehr fürchtete ich für die Unversehrtheit meines Textes und meiner Intention, als die Medien nach der »Unruhigen Nacht« griffen. Aber aus der Rückschau muß ich zugeben, daß die Fernsehfassungen – eine deutsche, eine englische, eine französische – mit großer Sorgfalt vorbereitet wurden, und daß sich sehr ernsthafte Schauspieler gewinnen ließen; ein ehrerbietiger Gruß an Peter Lühr darf hier nicht fehlen. Freilich verstand ich mich von allem Anfang an (und verstehe mich noch heute) als eine Art ›Maximilian, letzter Ritter‹, letzter Ritter des Worts, für den jede Veränderung des Textes ein Weg in die Fremde heißt, jede Erweiterung eine Verkürzung. Zuweilen erfahre ich mich selbst dabei als ein Relikt aus dem ›tintenklecksenden Säculum‹, und schelte mich undankbar, wenn ich nur aus dunklem Eck heraus dabei bin, wenn dank der ernsthaften Mühe Anderer meine Schreibarbeit von 1948 auf dem Bildschirm erscheint.

Dies zu den Fernsehspielen. Meine Bitte: »Nur keinen Film«, ging unentwegt an den Hamburger Verleger, und ich war ihm dankbar, daß er mir zuliebe lange ›nein‹ sagte. Als es sich dann doch nicht mehr vermeiden ließ, und die ansehnliche Phalanx (von Harnack, Abich, Wicki, Münch, Felmy, Ann Savó und viele noch) etwas Unwiderstehliches hatte, fügte ich mich. Dabei geriet ich aber sogleich in eine neue, unvorhergesehene Schwierigkeit. Der Produzent wünschte im Zusammenhang mit dem damals neu beschlossenen Militärseelsorgevertrag (was für ein Wort!) einen aktuellen Vorspann, der ein aggressives ›Nein‹ artikulieren sollte. Nun war die Meinung dieses ›Nein‹ gewiß meine Meinung; das ›Nein‹ meiner Erzählung hatte sich bei mir im Gang der Jahre nicht verwandelt in ein ›Ja, aber‹, ein ›Allenfalls‹ oder ›Immerhin‹.

Aber ich hätte doch gerne auf diesen Vorspann verzichtet, eingedenk des altvertrauten Hofmannsthalschen Wunschtraums, beim Weben nicht zu achten, auf das, ›was ist‹ und ›nicht ist‹, sondern auf das, ›was immer ist‹. Ich trat schließlich die ›Flucht nach vorn‹ an und fügte, um die eigene Handschrift in dem neuen Konvolut zu wahren, in einen späten Abschnitt einige neue Dialoge ein.

Das Gedächtnis bewahrt nicht jede Einzelheit aus der lange zurückliegenden Zeit. Doch fand ich in einem Briefband aus dem Nachlaß von Friedrich Torberg einen Brief von mir aus dem September 1958, in dem es heißt: »Meine Geschichte aus dem Krieg ›Unruhige Nacht‹ wird jetzt ein Film: was ich bis jetzt sah, ist gut geworden, streng, unerbittlich, ohne Konzessionen; die Mächtigen können keine Freude daran haben; vielleicht, daß die Ohnmächtigen sich der geheimen Gewalt der Ohnmacht bewußt werden.« Nun, der Unmut der Mächtigen ließ damals nicht lang auf sich warten; aber die Ungnade des zuständigen Ministeriums in Bonn und der weltlichen und kirchlichen Oberen in der neuen Bundeswehr war in Kauf zu nehmen. Die Erinnerung daran gehört wohl in meine Lebensgeschichte, aber nicht eigentlich mehr zur Geschichte des Buches.

Wohl aber gehört zu ihr die wunderliche Schatulle, enthaltend die Leserbriefe aus den ersten zwei Jahrzehnten nach dem Erscheinen des Buchs; die erweckt mir zuweilen die Vision des jesajanischen Friedensreiches, von dem es Jesaja 11 heißt: »Da werden die Wölfe bei den Lämmern wohnen und die Panther bei den Böcken lagern.« Es trafen sich hier freilich nicht Wölfe und Lämmer, aber doch wunderlich übereinstimmend, die weit voneinander Entfernten: Generale und Friedenskämpfer, Achtzigjährige und Studenten, Japaner und Amerikaner, Christen, Juden und Heiden, kirchliche und strikt-unkirchliche Leute zuhauf; ich konnte es nicht verhindern, auch wenn mich ein gewisses Unisono freuen mußte, daß ich zuweilen an den Schuldspruch über Laodicea aus der Apokalypse gemahnt wurde: »Ach, daß du kalt oder warm wärest! Weil du aber lau bist und weder warm noch

kalt, werde ich dich ausspeien ...« Nun, ich hatte nicht mit
schrill-unbedingter, sondern mit halblauter Stimme gesprochen, das ist wahr, aber das »tout comprendre c'est tout par-
donner« war dann doch nie meine Devise gewesen.

*

Ich denke an die Enkelgeneration, die mit dieser Schatulle
nichts mehr zu tun hat. Sie hat mit dem Unlösbaren, das zu
der Geschichte gehört, bis zum Ende des Jahrhunderts oder
darüber hinaus zu leben, aber ihr Anteil ist ein anderer als der,
der uns auferlegt war. Mir will scheinen, als käme es für sie
darauf an, mit einem neugeschliffenen Buschmesser durch
das Gestrüpp aller Schuldzuweisungen hindurch zu stoßen.
Der schöpferische Geist sieht neue Zusammenhänge, und alle
Lebensaugenblicke sind reichsunmittelbar.

»Ich weiß, es ist ein weiter Weg, bis auch die Haßerfüllten
verwandelt sind. Das Leben wird nicht aufhören, uns einzuladen, an diesem Weg zu bauen, und ehe nicht das wohlbemessene Teil geleistet ist, darf keiner sich zur Ruhe begeben.«

Die Sätze stehen ganz am Ende meiner Geschichte, in dem
kleinen Schlußabschnitt, den Pierre Bertaux – leider immer
noch halb zu Recht – »une rêverie allemande« genannt und
nicht übersetzt hat.

Jeder Blick in die Zeit lehrt uns, daß Unruhe – das Wort
noch anders verstanden, als es der Titel meiner Erzählung
meint – etwas wie die ›erste Bürgerpflicht‹ ist; nicht als Auf-
sässigkeit à tout prix, das nicht, aber als Wachsamkeit um
jeden Preis.

»Wind der Ukraine, Nachtwind und Frühwind«: so hieß
damals eine Zeile in meinem Schreibheft von 1942. In Proskurow riß er mir damals die Türklinke aus der Hand, der Frühwind, und vor vierzig Jahren, als ich die Geschichte – wie sag
ich? – ›empfing‹, war es nicht anders. Er wird, er kann auch
hinfort nicht säuseln. Aber er soll ›Frieden‹ heißen – und
anders nicht.

Albrecht Goes

Stuttgart-Rohr, im Juni 1987

ALBRECHT GOES

Unruhige Nacht

Gebundene Originalausgabe.
Übersetzungen der Novelle erschienen in 19 Ländern

Der Knecht macht keinen Lärm

Dreißig Predigten und ›Marginalien‹ über das Predigen.
176 Seiten in Ganzleinen

Predigten sind Gebilde besonderer Art. An das überlieferte biblische Wort gebunden, sprechen sie die Sprache unserer Zeit; von einem alten Text ausgehend, wenden sie sich an moderne Hörer und Leser auf der Kirchenbank oder in der Leseecke. Was läßt bei den Predigten von Albrecht Goes aufhorchen?

Zunächst: ihre Prosa ist reines Deutsch, eine verdichtete streng-gestraffte Sprache. Dieser Prediger kommt mit raschen Schritten zur Sache. *Sodann:* hier redet ein Einzelner zu Einzelnen; hier geschieht mehr Zwiesprache als Ansprache, mehr Seelsorge als Mission. Und *schließlich:* dieser Prediger kennt das Glück, eine Botschaft auszurichten, die Heil bringt.

Am Schluß dieser dreißig Predigten, die von der Genesis bis zur Johannesoffenbarung reichen, teilt Goes in den ›Marginalien‹ seine Erfahrungen als Prediger mit, der zuerst und immer wieder ein Leser der Bibel ist.

Friedrich Wittig Verlag Hamburg